Goscinny Sempé

ボンジュール
Bonjour!

Le Petit Nicolas

プチ・ニコラ

プチ・ニコラシリーズ❶

サンペ／絵　ゴシニ／文
曽根元吉・一羽昌子／訳

世界文化社

Sommaire
もくじ

Sommaire

もくじ

Nicolas
ニコラ

Maman
ママ

《雨がふって、人がいっぱいいるときは、ぼくは家にいるのが好きだ。だってママが、おいしいおやつをいっぱい作ってくれるからね》

Papa
パパ

《ぼくが学校から帰るより遅く会社から帰ってくるけど、パパには、宿題がないんだ》

Clotaire
クロテール

《成績がクラスのビリ。先生に質問されると、いつも休み時間がなくなっちゃうんだ》

Alceste
アルセスト

《ぼくの親友で、いつもなにか食べてるふとっちょなんだよ》

Geoffroy
ジョフロワ

《大金持ちのパパがいて、ほしいものはなんでも買ってもらえる》

Agnan
アニャン

《成績がクラスで一番で、先生のお気に入り。どうにも虫が好かないやつなんだ》

Eudes
ウード

《とても力もちで、クラスメートの鼻の頭にパンチをくらわせるのが大好きなんだ》

Rufus
リュフュス

《ホイッスルをもってるよ。パパはおまわりさんだ》

Marie-Edwige
マリ・エドウイッジ

《とてもかわいいから、大きくなったら、結婚するつもりなんだ》

Joachim
ジョアキム

《ビー玉遊びが大好き。とっても上手で、ねらったら、パチン！　まず、はずさないね》

M. Blédurt

ブレデュールさん

《ぼくらのおとなりさんで、パパをらかうのが大好きなんだ》

Mémé

メメ

《たくさんプレゼントをくれて、ぼくがなにか言うたびに、大笑いするやさしいおばあちゃんだよ》

Le Bouillon

ブイヨン

《生徒指導の先生で、いつも「わたしの目をよく見なさい」と言うから、このあだ名がついた。ブイヨン・スープには油の目玉が浮かんでいる。それを考えついたのは、上級生たちなんだ》

La maîtresse

先生

《ぼくらがひどい悪ふざけをしなければ、先生はとてもやさしくて、とてもきれいなんだよ》

Un souvenir qu'on va chérir

想い出のクラス写真

けさ、ぼくらはみんなニコニコしながら学校にやってきた。なぜかというと、クラス写真をとることになっていたからだ。先生が言うには、その写真は、ぼくらが一生大切にする記念の品になるらしいんだ。先生はぼくらに、身なりをととのえ、髪もきちんととかしてきなさい、とも言った。

整髪料でバッチリ髪をかためたぼくは、校庭に入った。クラスメートはもうぜんいん校庭に集まっていて、先生がジョフロワをしかっているところだった。というのもジョフロワが、火星人のコスチュームを着てきたからだ。

ジョフロワのパパは大金もちで、ジョフロワは、ほしいものはどんなおもちゃでも買ってもらえる。ジョフロワは先生に、ぜったいに火星人のコスチュームで写真にとってほしい、それがだめなら家に帰る、と言い張っていた。

写真屋さんは、大きなカメラをもって、校庭にきていた。そして先生が写真屋さんに、早く写真をとらないといけません、撮影に手間どると、算数の時間がつぶれてしまうので、と言った。クラスで一番勉強ができる、先生のお気に入りのアニャンが、算数の授業がなくなるなんて残念だなあと言った。だって、アニャンは算数が大好きで、どんな問題でもすらすらとけちゃうからね。

とても力もちのクラスメートのウードが、アニャンの鼻の上にパンチを一発おみまいしようとしたけど、アニャンはメガネをかけているから、できなかった。ぼくらは、いつもアニャンをひっぱたきたいと思うけど、それができないんだよ。

先生は大きな声で、ぼくらのめんどうはとっても見きれない、そんなふうにいつまでもふざけていると、記念写真はやめにして、教室にもどりますよ、と言った。

すると、写真屋さんが「まあ、まあ、まあ、先生、落ちついて、少し落ちついてください。わたしは、子供たちにどう話せばいいか心得ております。なにもご心配にはおよびません」と言った。

写真屋さんは、ぼくらが三列にならぶことに決めた。一列目は、地面にすわり、二列目は、いすにかけた先生をはさんで立ち、三列目は、空き箱の上に立つんだ。ほんとに、写真屋さんは、うまいことを考えるね。

ぼくらは、空き箱をとりに学校の地下倉庫へ行った。ぼくらは、はしゃぎまくった。というのも、地下倉庫の中はうす暗いうえに、リュフュスが頭から空き袋をかぶって、大声でどなったんだ。「うおう！　ぼくは、おばけだぞー」

そのとき、先生がやってくるのが見えた。先生がこわい顔をしていたので、ぼくらはすぐに空き箱をもって外に出た。だけど、ひとりだけ、リュフュスは地下倉庫に残っていた。袋をかぶっているので、なにもわかっていないから、リュフュスは、わめきつづけていた。

「うおう！　ぼくは、おばけだぞー」

先生が、リュフュスの頭からガバッと袋をはぎとると、リュフュスは、ものすごくびっくりしていた。

校庭にもどると、先生は、リュフュスの耳を引っぱっていた手をはなし、自分のおでこをポンとたたいて、「まあ、あなたたち、顔がまっ黒じゃないの」と、言った。

まったく、そのとおりだった。地下倉庫で大騒ぎをしたから、ぼくらは少しよごれてしまったんだ。イライラしたようすの先生に、だいじょうぶですよ、わたしが空き箱といすを並べているあいだに、みんな顔を洗ってくればいいんですよ、と写真屋さんが言った。

アニャンのほかに、顔のよごれていないのがひとりいて、それはジョフロワだった。というのもジョフロワは、頭に金魚ばちみたいな火星人のヘルメットを、すっぽりかぶっていたからだった。

「ほらね、先生」と、ジョフロワが先生に言った。「みんながぼくのように火星人のコスチュームを着ていたら、こんな大騒ぎにはならなかったのにね」。ぼくの見たところ、先生はジョフロワの両耳を、引っぱりたそうな顔をしたけど、ヘルメットをかぶっているので、できなかった。それにしても、火星人のコスチュームとは、ジョフロワもうまい手を思いついたものだね！

ぼくらは、顔を洗い、髪をとかしてから、校庭にもどった。みんな水のしずくがあちこちについていたけど、写真屋さんは、だいじょうぶ、水のしずくは写真にうつらないからね、と言った。

「さてさて、きみたちは、先生によろこんでもらいたいだろう！」と、写真屋さんがぼくらに言った。ぼくらは、ハーイと答えた。だって、ぼくらは先生のことが大好きだし、ぼくらが先生を怒らせさえしなければ、先生はとってもやさしいんだもの。

「それじゃ」と写真屋さんが言った。「写真をとるから、きみたち、いい子にして、じぶんの列にならんでおくれ。背の高い子は空き箱の上、中くらいの子は立ったまま、背の低い子は前にすわっておくれ」

ぼくらが動き出すと、写真屋さんは、しんぼう強くやれば、子どもたちを思いどおりにできるものだと、先生に説明をはじめた。だけど、先生はその話を最後まできくことができなかった。なぜって、だれもかれも空き箱の上に乗ろうと、ひしめき合っていたので、先生はぼくらを引きはなさなければならなかったからね。

「この中で、背が高いのはひとりしかいない。それはぼくだ！」と、ウードがどなりながら、空き箱の上に乗ろうとするぼくらをおし返していたんだ。

それでも乗ろうとするジョフロワに、ウードが、ヘルメットの上からパンチを一発くらわせた。それで、ヘルメットがボコッとへこんでしまった。へこんで顔が動かせなくなったジョフロワのヘルメットをとりはずすのに、おおぜいで引っこぬかなくてはならなかったんだよ。
先生は、みなさんに最後の注意をします、いいかげんにしないと、ほんとうに算数の時間にしますよ、と言った。それで、ぼくらもこれはおとなしくしないとまずいと思って、整列しはじめた。
そのとき、ジョフロワが写真屋さんのそばに行って、「ねえ、これがおじさんのカメラなの？」ときいた。

写真屋さんは、にっこり笑って、「ぼうや、これはね、小鳥が飛びだす魔法の小箱なんだよ」と言った。

「おじさんのカメラは、古くさいね」と、ジョフロワが言った。「ぼくはパパにレンズフード付きのカメラを買ってもらったよ。広角レンズと望遠レンズと、それからもちろん、フィルターもね……」

写真屋さんは、おどろいて、真顔になり、ジョフロワに、列にもどりなさいと言った。

「でも、おじさん、いくらなんでも露出計はもっているよね?」と、ジョフロワがきいた。

「これが最後だよ。自分の場所に行きなさい!」と、写真屋さんが大声で命令した。なんだかわからないけど、写真屋さんは、とつぜんひどくイライラしてきたんだよ。

ぼくらは、ちゃんと位置についた。ぼくはアルセストのとなりで、地面にすわった。アルセストは、ぼくのともだちなんだけど、ずんぐりのふとっちょで、いつもなにか食べているんだ。

いまもアルセストはジャムをつけたパンを、モグモグやっている最中だった。写真屋さんが口を動かすのをやめるように、アルセストに言ったけど、アルセストは、ぼくはだんじて栄養をとる必要があるんだ、と答えた。

「そのパンを口から出しなさい！」と、アルセストの真後ろにすわっていた先生のきびしい声がひびきわたった。これにはアルセストもびっくり仰天、思わずパンをシャツの上に落としてしまった。アルセストは、シャツについたジャムをパンでぬぐいとろうとしたけど、かえってシミを広げてしまい、「ああ、やっちゃった」と言った。

それではもう仕方がないわね、シャツのシミがうつらないように、アルセストを後ろの列に行かせるしかないわね、と先生が言った。

「ウード」と、先生がふり向いて、「あなたの場所を、おともだちにかわってあげなさい」

「アルセストは、ぼくのともだちなんかじゃないです」と、ウードが文句を言った。「この場所はゆずれません。アルセストは、後ろむきになって写真をとればいいんだ。そうすれば、ジャムのよごれも、そのでっかい顔もうつらないですむから」

先生は怒って、ウードに罰を出した。《わたしは、パンにつけたジャムで、シャツをよごしたともだちに場所をかわることを、決してことわってはならない》という文の動詞の活用（人称変化）をさせるんだよ。

ウードは、なにも言わずに、空き箱からおり、前列に向かい、一方アルセストは後列に行こうとした。そこで、ひと騒ぎになった。ウードはアルセストとすれ違いざまに、アルセストの鼻の頭にパンチを一発。それでアルセストは、キックを一発お返ししようとしたけど、なにしろウードはすばしっこくて、すらりと体をかわしたので、アルセストのキックはアニャンを直撃、うまいぐあいに、アニャンも足にはメガネをかけていなかった。

そういうわけで、アニャンはわっと泣き出し、ぼくはもう目が見えないよう、みんなぼくがきらいなんだ、ぼくは死んでしまいたいと、わめきはじめた。先生は、アニャンをなだめ、鼻をかんでやり、髪の毛をととのえてやってから、アルセストに罰をあたえた。《わたしは、わたしに口げんかもしかけていない、メガネをかけているともだちを、決してけってはならない》。この文をアルセストは百回清書することになった。

「それ見たことか、いい気味だ」と、アニャンが言った。

するとのと先生は、アニャンにも百回清書の罰をあたえた。これにはアニャンもびっくり仰天、泣くこともわすれていたんだよ。

先生は、むちゃくちゃに罰を連発し、とうとう、ぼくらはぜんいん百回清書をやることになった。そして、最後に先生が言った。

「もうそろそろ、みなさん、おとなしくしてください。もしみなさんがとってもいい子にするなら、先生は罰をぜんぶ取り消しにします。それじゃ、みなさん、姿勢を正して、ニッコリ笑いましょう。そうすれば、写真屋さんが、すてきな写真をとってくれますよ!」

ぼくらは、これ以上先生にめんどうをかけたくなかったので、みんな言われたとおりにした。ぼくらは、みんなニッコリして、気をつけをした。

ところが、ぼくらの一生の想い出になる記念写真は、できなかったんだよ。気がついてみると、写真屋さんの姿が、どこにも見あたらなかった。

写真屋さんは、なんにも言わずに、帰ってしまっていたんだよ。

写真説明

第一列

左から：リニョン、ギヨ、アニバル、クルセ、ベルジェス、先生、アニャン、ニコラ、グロジニ、ゴンザレス、ピシュネ、アルセスト、ムシュヴァン（最近退学させられた）。

第二列

ポル・ボジョジョ、ジャック・ボジョジョ、マルク、ラフォンタン、ルブラン、デュボ、デルモン、ド・フォンタニェス、マルチノ、ジョフロワ、メプレ、ラファジョン。

第三列

マルタン（うごいた）、プーロ、デュベダ、クシニョン、リュフュス、アルドベール、ウード、シャンピニャック、ルフェーヴル、ツーサン、シャルリエ、サリゴ。

Les cow-boys
カウボーイごっこ

きょうの午後、ぼくはともだちを家に呼んで、カウボーイごっこをした。みんなは、ありったけのグッズをもってやって来た。

リュフュスは、パパからもらったおまわりさんの装具一式をもってきた。おまわりさんのケピ帽と、手錠と、ピストルと、白い警棒と、それから、ホイッスルだ。

ウードは、ボーイスカウトだったお兄さんのおさがりの帽子をかぶり、木の弾丸をいっぱいつめた革のベルトに、かっこいい拳銃二丁をぶらさげて、やってきた。拳銃の銃床は、パパがママに買ってあげたコンパクトとおなじ、なにかの骨のような材料でできていた。そのコンパクトは、パパがこの焼き肉は焼きすぎだと苦情を言い、それはパパの帰りがおそいからよとママが言い返して、けんかになったあとで、パパがママに買ってあげたんだよ。

アルセストは、ネイティブ・アメリカンになりきってやってきた。手には木でできたトマホークをもち、頭には背中までとどく大きな羽根かざりをつけていたけど、そんなアルセストはまるでぶくぶくのヒヨコみたいだった。

ジョフロワは、変装するのが大好きで、ほしいものはなんでも買ってくれる大金もちのパパがいるんだけど、本物のカウボーイみたいな姿でやってきた。ヒツジの毛皮のパンタロンに、牛革のベスト、格子縞のシャツ、大きなテンガロンハット、連発式リボルバー、そして靴には鋭くとがった拍車までついているんだ。

ぼくは、謝肉祭でもらった黒い半仮面をつけ、ゴム矢のライフル銃を手にし、首にはママからもらった古いスカーフをまいて、赤いハンカチがわりにしたんだ。みんなとてもかっこいいいんだよ！

ぼくらが庭に行くとき、ママが、おやつの時間になったら知らせるわね、と言った。

「それじゃ」と、ぼくが言った。「はじめよう。いいかい。ぼくがヒーローで、白馬をつれていて、きみたちはならず者だ。そして最後に勝つのはぼくだ」

ところが、ほかの四人はオッケーと言わない。これがやっかいなんだよね。ひとりで遊んでもおもしろくないし、かと言って、みんなと遊ぶと、いつも口げんかになってもめるんだ。

「どうして、このぼくがヒーローじゃないのさ」と、ウードが言った。「それに、どうして、ぼくには白馬がいないんだい？」

「きみのその顔じゃ、ヒーローにはなれないのさ」と、アルセストが言った。

「こいつ！　ネイティブ・アメリカンめ、へらず口をたたくんじゃない。さもないときみの尾っぽにキックを入れるぜ！」と、ウードが言った。とても力もちのウードは、ともだちの鼻の頭にパンチをくらわせるのが大好きなんだ。でも、アルセストの尾っぽには、ぼくもおどろいたな。だってほんとうに、アルセストはふとっちょのヒヨコに、そっくりだったから。

「あのね、ぼくは」と、リュフュスが言った。「ぼくは、保安官だぜ」

「保安官だって？」と、ジョフロワがちゃちゃを入れた。「どこの世界に、ケピ帽をかぶった保安官がいるんだい。笑わせるんじゃないよ！」

　さて、これが、リュフュスの気にさわった。だって、リュフュスのパパは、おまわりさんなんだもの。

「ぼくのパパは」と、リュフュスが言った。「ケピ帽をかぶっているけど、だれも笑ったりしないぞ！」

「きみのパパが、テキサスでケピ帽をかぶれば、大笑いになるさ」と、ジョフロワが言い返したので、リュフュスはジョフロワの横っ面を張った。すると、ジョフロワは、ホルスターから拳銃をぬき、「後悔させてやるぜ、ジョー！」とすごんだ。

そのあいだに、リュフュスがもう一発ビンタをとばし、なぐられたジョフロワは、ひざから地面にくずれ落ちながら、拳銃をパーン！とうった。リュフュスは、両手でおなかをおさえ、苦悶の表情をうかべながら、「野郎、やりやがったな。かならず仕返ししてやるぜ！」とすてぜりふをはいて、バタッとたおれた。

ぼくは白馬にまたがって、さらにスピードを上げようと、おしりにバンバンむちをくれながら、庭の中をかけまわっていた。

すると、ウードが、そばにやってきた。

「その馬からおりろ」と、ウードが言った。「白馬にまたがるのは、このおれさまだ！」

「おことわりだ」と、ぼくがウードにやり返した。「ここはぼくの家だぞ、白馬はぼくのものだ」

すると、ウードのやつ、ぼくの鼻の頭にパンチをくらわせた。

そのとき、リュフュスが、ピーとホイッスルを吹いた。

「きさまは馬泥棒だな」と、リュフュスがウードに言った。「カンザス・シティーじゃ、馬泥棒はしばり首だ！」

そのとき、かけつけてきたアルセストが、「待ちな！　おめえが、奴をつるすなんてできねえぜ。保安官は、このおれさまだからな！」と言った。

「くさったヒヨコみたいなおまえが保安官だって。そりゃいったいいつからだい？」と、リュフュスがきいた。

ふだん、けんかをしないアルセストが、木のトマホークをにぎりなおし、ゴツンとばかり、リュフュスの頭にふりおろすと、これこそリュフュスにとっては不意打ちだった。リュフュスがケピ帽をかぶっていたのは、運が良かったんだ。

「わっ、ぼくのケピ帽が！　この野郎、おれさまのケピ帽に、きずをつけやがったな！」と、リュフュスはさけびながら、アルセストのあとを追ってかけ出したけど、そのあいだに、ぼくはふたたび白馬にまたがって、庭の中をかけまわった。

「おおい、みんな」と、ウードが言った。「ちょっと、タイム！　いいストーリーを思いついたんだよ。ぼくらは、みんな善良な市民で、アルセストがネイティブ・アメリカンになり、ぼくらを襲撃して、だれかひとりを捕虜にするんだけど、ぼくらは捕虜をうばい返し、さいごに、悪いネイティブ・アメリカンはやっつけられるという筋書きなんだよ！」

　ぼくらはみんな、ほんとうにおもしろそうなこのストーリーに賛成だったけど、アルセストはそうじゃなかった。

「どうして、ぼくがネイティブ・アメリカンをやるの？」と、アルセストがきいた。

「きみは頭に羽根かざりをつけているじゃないか。なんてまぬけなんだ！」と、ジョフロワが答えた。「もしそれがきみの気に入らないのなら、きみとはもう遊ばない。ぼくは、本気だぞ。まったく、きみは、ぼくらをからかっているつもりなのか！」

「わかった、そっちがそういうつもりなら、ぼくはもう遊ばないよ」と言いながら、アルセストは、すねて庭のすみっこに行き、ポケットからチョコレート入りのプチパンをとり出して、食べはじめた。

「なかまはずれになろうたって、そうはさせないぞ」と、ウードがアルセストに言った。「きみは、たったひとりのネイティブ・アメリカンだからな。もしなかまはずれになるなら、その羽根をむしりとってやる！」

アルセストは、わかった、いっしょに遊んでもいい、ただし、良いネイティブ・アメリカンにしてくれるなら、と答えた。

「オッケー、わかったよ！　それにしても、きみは手間のかかるやつだなあ！」とジョフロワ。

「それで、捕虜は、だれがやるの？」と、ぼく。

「それは、もちろん、ジョフロワさ」と、ウードが言った。「さあ、

物干し用のロープでジョフロワを木にしばりつけようぜ」

「そうは行かないよ、おことわりだ」と、ジョフロワがウードに言い返した。「いったいぜんたい、なぜ、ぼくなんだ？　ぼくは捕虜になんかなれませんね。だってぼくは、この中で一番上等の服を着ているんだからな！」

「上等の服がどうした？」と、ウードが言った。「そんなの、ぼくが白馬をもっているからといって、それが遊ばない理由にならないのとおなじじゃないか！」

「白馬は、ぼくのものだ！」と、ぼくが言った。

ウードは怒って、白馬は自分のものだ、もしそれがきみの気に入らないのなら、もう一発きみの鼻の頭にパンチをおみまいするぞ、と言った。

「やれるもんなら、やってみろ」と、ぼくがけしかけると、ウードのパンチがさくれつしたんだ。

「オクラホマ・キッド、そこを動くんじゃねえ！」とさけびながら、ジョフロワは、あたりかまわずリボルバーをうちはじめた。

リュフュスはリュフュスでホイッスルを吹きながら、「イエー、おれは保安官だ、イエーイ、きさまたちをぜんいん逮捕する！」と、すごみをきかせていた。

アルセストが、おまえを捕虜にしてやると言いながら、リュフュスのケピ帽にトマホークの一撃をあびせると、ホイッスルを芝生の上に落としてしまったリュフュスはものすごく腹を立てた。

ぼくはといえば、ウードのパンチの痛みにたえかねて泣きながら、ここはぼくの家だ、もうきみなんか顔も見たくない、とウードにくってかかっていた。

だれもかれも大声でさけび、とてもゆかいな気分で、ぼくらは大いにはしゃいでいたんだ。

すると、パパがやってきた。めいわくそうな顔だった。「ねえ、みんな、この大騒ぎは、いったいなにごとなんだい。きみたち、もう少しおとなしく遊べな

いのかな？」

「ジョフロワのせいなんです、おじさん。ジョフロワが捕虜になりたがらないからなんです！」と、ウードが説明した。

「きみは一発おみまいしてほしいんだな？」と、ジョフロワがつっかかり、ふたりがつかみあいをはじめると、パパがふたりのあいだに入った。

「いいかね、子どもたち」と、パパが言った。「どんなふうに遊ぶのがいいのか、わたしがきみたちに教えてあげようじゃないか。わたしが捕虜になってあげよう！」

ぼくらは、拍手かっさいした！　ぼくのパパって、とっても話がわかるんだよ！

ぼくらが物干し用のロープでパパを庭の木にしばりつけると、それを待っていたかのように、おとなりのブレデュールさんが垣根を飛びこえてくるのが見えた。

ぼくらのおとなりのブレデュールさんは、パパをからかうのが大好きなんだ。

「わたしも、なかまに入れてくれ、わたしはアパッチだ！　ジェロニモだ！」

「出て行け、ブレデュール。きみなんか、お呼びじゃない！」

だけどブレデュールさんは最高だった。ブレデュールさんは、パパの前に腕組みをしてすっくと立ち、「白人、青びょうたん、口出しするな！」と言った。

パパが一生けんめい、ロープをほどこうともがくと、ブレデュールさんは、きみょうなさけび声をあげながら、パパがしばりつけられている木のまわりで踊りはじめた。

ぼくらは、パパとブレデュールさんが、おどけてふざけ合っているのを、もっと見ていたかったんだけど、そうすることができなかった。というのも、ママがぼくらにおやつの時間ですよと知らせたからだ。そして、おやつが終わると、ぼくらは二階のぼくの部屋に行って、電気機関車で遊んだ。

でも、パパがあんなにカウボーイごっこが好きだったなんて、ぼくは知らなかったな。

夕方、ぼくらが二階から降りてきたとき、ブレデュールさんは、とっくの昔に姿を消していたけど、木にしばりつけられたままのパパは、あいかわらず大きな声を出し、すごいしかめっ面をしていたんだよ。

あんなふうに、たったひとりで遊ぶことができるなんて、最高だね！

Le Bouillon

生徒指導（せいとしどう）・ブイヨン先生（せんせい）

きょう、学校に行くと、先生はお休みだった。ぼくらが教室に入る前に校庭でならんでいると、生徒指導の先生がきて、ぼくらに「きみたちの先生は、きょうは、ご病気だ」と、言った。

それで、生徒指導のデュボン先生が、ぼくらを教室につれて行った。この先生を、ぼくらはブイヨンとあだ名で呼ぶんだけど、もちろんそれは先生がいないときの話だ。

なぜ生徒指導の先生に、ブイヨンというあだ名をつけたのか。それは先生がいつも、「わたしの目をよく見なさい」と言うんだけど、ブイヨン（スープのだし汁）には、油の目玉がうかんでいるからなんだ。

ぼくも最初はその意味がまったくわからなかったけど、上級生たちがくわしく教えてくれた。ブイヨンは、りっぱな口ひげを生やしていて、すぐに罰を出す。だから、ブイヨンがいるときは、ふざけちゃいけないんだ。

そんなわけだから、ブイヨンがクラスを監督しにくると、ぼくらは大迷惑なんだけど、きょうは運が良かったんだよ。

「わたしはきみたちといっしょにいられない。校長先生といっしょに、お仕事をしなくちゃならんのでね。だから、わたしの目をよく見なさい。いい子にすると、わたしに約束しなさい。いいね」と、教室に入ってきたブイヨンが言った。

ぼくらの目という目がすべて、ブイヨンの目をじっと見て、いい子にすると約束した。約束なんかしてもしなくても、ぼくらは、いつもとってもいい子なんだけどね。

だけどブイヨンは、ぼくらが信用できないみたいで、だれがクラスの優等生かきいた。

「先生、それはぼくです!」と、アニャンが得意そうに答えた。

それはほんとうで、アニャンは成績がクラスで一番、おまけに先生のお気に入りだから、ぼくらはアニャンが大きらいで、いつでもぶってやりたいくらいなんだけど、アニャンはメガネをかけているから、ぶつことができないんだ。

「よろしい」と、ブイヨンが言った。「きみは先生のかわりに前にきて、先生の机にすわりなさい。そしてきみがクラスメートの監督をしなさい。わたしは、ときどき、きみたちのようすを見にもどってくるとしよう。それでは、学課の復習をしなさい」

すっかりごきげんのアニャンが先生の机にすわると、ブイヨンは教室から出て行った。

「それでは」と、アニャンが言った。「算数の勉強をするので、ノートを出してください。これから問題をときましょう」

「きみは、少しおかしいんじゃないのか?」と、クロテールがくってかかった。

「クロテール、だまりなさい!」と、ほんとうに先生になりきっているアニャンが大きな声で命令した。

「男なら、ここまできて、そう言ってみな!」と、クロテー

ルがやり返したとき、教室のドアがひらいて、ブイヨンが
ニコニコしながら、入ってくるのが見えた。
「やはりね！」と、ブイヨンが言った。「わたしは、ドアの
外で、中のようすをきいていたのだよ。そこの、きみ、わ
たしの目をよく見なさい！」
クロテールは見た。だけどクロテールが見たものは、クロテールにはありがたいもので
はなかった。 
「きみは、つぎの文の動詞をすべての人称に活用させてきなさい……《わたしは、わたし
を監督する役目をもち、わたしに算数の問題をとかせようとするクラスメートにたいして、
けっして無礼な態度をとってはならない》」
それだけ言うと、ブイヨンは教室から出て行ったけど、またもどってくるからねと、念
をおした。
ジョアキムが、ドアの前で、ブイヨンがくるかどうか見張っていると言ったので、ぼく

らはみんな賛成した。でもアニャンだけは別で、「ジョアキム、席にもどりなさい!」と、大きな声で命令した。

ジョアキムはアニャンにべーとベロを出し、教室のドアの前にすわって、鍵穴から廊下のようすをうかがいはじめた。

クロテールが、「ジョアキム、外にだれかいる?」と声をかけた。

ジョアキムは、「だれも見えない」と答えた。

すると、席を立ったクロテールは、アニャンに算数の教科書を食べさせてやるんだ、と言った。そいつは、ほんとにゆかいな思いつきだったけど、アニャンはびっくりして、「だめだ! ぼくはメガネをかけているぞ!」と大声でさけんだ。

「そのメガネも食わせてやる!」と、クロテールもどなった。どうしてもアニャンになにかを、食べさせるつもりなんだよ、クロテールは。

そのとき、ジョフロワが、ふざけて時間をむだにするより、サッカーボールで遊ぶほうがいいと言った。

「それじゃ、算数の問題はどうするの？」と、不服そうなアニャンがきいたけど、ぼくらはだれもアニャンを相手にせずに、パスを回しはじめた。

教室の机のあいだに、パスをとおすのはとってもおもしろい。大人になったら、ぼくは教室を買うつもりだ。そして、その中で好きなだけ遊ぶんだ。

すると、悲鳴がきこえたので、見るとジョアキムが、床の上にへたり込んで、両手で鼻をおさえていた。ドアを開けたのはブイヨンだったけど、ジョアキムにはブイヨンが入ってくるのがわからなかったにちがいなかった。

「おや、きみ、どうしたんだ？」と、びっくりしたブイヨンがきいた。

ジョアキムは返事ができず、フガフガするばかり。すると、ブイヨンがジョアキムを両腕に抱きかかえ、教室の外へつれ出した。ぼくらは、そのあいだに、すばやくサッカーボールをかたづけ、それぞれ席にもどった。

鼻の頭がまっ赤にはれたジョアキムをつれて、教室にもどってきたブイヨンは、いいかげんうんざりという顔をしていた。もしこんなことをつづけるようなら、どういうことになるかわかっているねと、ぼくらに言った。

「なぜ、きみたちは、クラスメートのアニャンを、みならおうとしないのかね?」と、ブイヨンがぼくらを問いつめた。「聞き分けがいいぞ、アニャンは」

そして、また、ブイヨンは出て行った。ぼくらがジョアキムに、なにがあったのかをきくと、鍵穴をじっとのぞいているうちに、うとうとしてしまったと、ジョアキムが説明した。

「ひとりの農民がマーケットに行きます」と、アニャンが言った。「かごの中に、一ダース五百フラン※の卵が二十八個……」

「ぼくの鼻の傷は、きみのせいだ」と、ジョアキム。

「そうだ、そうだ!」と、クロテールが言った。「アニャンに、算数の教科書を食べさせてやろうぜ。ひとりの農民も、卵も、メガネも食べさせてやる!」

※フラン/ユーロに替わる前のフランスの通貨。

すると、アニャンが泣き出し、きみたちはみんな意地悪だ、パパとママに言いつけてやる、パパとママがきみたちぜんいんを退学させるだろう、とわめいているところに、またブイヨンがドアを開けた。

ぼくらは、みんな席についていたし、しずかにしていたので、ブイヨンは、先生の机にすわって、ひとり泣きさけんでいるアニャンに目をやった。

「なんとまあ」と、ブイヨンが言った。「こんどは、きみか？　まったく頭にくるな、きみたちときたら！　わたしがもどってくるたびに、ちがう生徒が騒ぎをおこしている！　みんな、わたしの目をよく見なさい！　今度わたしがもどってきたときに、もしまたなにかおかしなことがあれば、きびしく罰するから覚悟しておきなさい！」

そして、ブイヨンは、出て行った。ぼくらは、これはもうふざけているときではないと思った。だって生徒指導の先生は、ごきげんななめなときにはとくに、厳しい罰を出すからだ。ぼくらは、みんなかたまってしまった。

ただアニャンが鼻をすする音と、いつでもなにか食べているアルセストの口をうごかす音だけがきこえていた。すると、ドアのほうから、かすかな物音がした。とてもゆっくりとドアノブがまわるのが見え、きしみながらドアが、すこしずつひらきはじめた。クラスぜんいんが息をのんで、アルセストでさえ口をうごかすのをやめ、ドアのほうを見つめた。

そのとき、とつぜん、だれかがさけんだ。「ブイヨンがきた！」

ドアがひらき、顔をまっ赤にしたブイヨンが入ってきた。

「だれだ？　いまのは、だれが言った？」と、ブイヨン。

「ニコラです！」とアニャンがちくった。

「うそだ、うそっぱちだ！」と、ぼくは言い返した。だって、そう言ったのは、ぼくじゃなかった。そう言ったのは、リュフュスだったからね。

「きみだ！　きみだ！　きみだ！　まちがいない！」と大声で言ってから、アニャンはわっと泣き出した。

ブイヨンがぼくに、「きみは、居残りの罰だ」と言った。

それで、ぼくも泣きはじめ、こんなことはまちがっている、ぼくは学校をやめる、ぼくがいなくなったら、みんなきっとさびしくなるだろう、と言ってやった。

「ニコラじゃありません、先生。ブイヨンと言ったのは、アニャンです！」と、リュフュスが大きな声で言った。

「ブイヨンと言ったのは、ぼくじゃない！」と、アニャンも大きな声で言い返した。

「いや、きみはブイヨンと言った。ぼくは、きみがブイヨンと言うのをきいたぞ。まちがいないぞ、きみがブイヨンと言ったんだ！」

「わかった、わかった、もうやめなさい。そういうことなら、きみたちぜんいん、罰として居残りだ！」とブイヨンが言った。

「どうして、ぼくが居残りなの？」と、アルセストがきいた。「ブイヨンなんて、ひとことも言ってないよ、ぼくは！」

「やめなさい、わたしはもう、そのおぞましい名前を耳にしたくない。わかったか？」と、ブイヨンが大声を出した。ブイヨンは、ものすごくイライラしているようすだった。

「ぼくは居残りをするために、学校にきてるんじゃない！」とさけび、アニャンは泣きながら床の上をころげまわり、何回もしゃくり上げた。アニャンの顔はまっ赤になり、それからまっ青になった。

クラスじゅう、だれもが泣いたり、わめいたり、ぼくが思うに、ブイヨンだって泣きたかったんじゃないかな。するとそのとき、校長先生が教室に入ってきた。

「これは、いったいなにごとですか、ブイ……、いや、デュボン先生？」と、校長先生がたずねた。

「もうなにがなんだかわかりません、校長先生」と、ブイヨンが答えた。「ひとりは床にころがっているし、ひとりはわたしがドアを開けると鼻血を出すし、ほかの者は、わめきっぱなしで、こんなことは、はじめてです！　まったく、はじめてのことです！」

ブイヨンは、手で髪をなでつけていたけど、口ひげはブルブルとふるえていた。

よくじつ、担任の先生はもどってきたけど、ブイヨンはお休みしたんだよ。

Le football
サッカーが、はじまらない

きょうの午後、アルセストが、ぼくの家の近くの空き地に、クラスメートを大ぜい呼び出した。アルセストは、ぼくのともだちで、食べることが大好きなふとっちょだ。なぜアルセストが、みんなを集めたかというと、パパに新品のサッカーボールを買ってもらったので、みんなでたのしく試合をやろうというわけなんだ。いいやつなんだよね、アルセストって。

ぜんぶで十八人、ぼくらは、午後三時に、空き地に集まった。まず、チームのフォーメーションを決めなければならなかった。サッカーは、おなじ人数でたたかわないといけないからね。

レフェリー（主審）を選ぶのは、かんたんだった。ぼくらはアニャンをレフェリーにした。アニャンはクラスで一番の優等生だけど、みんなアニャンがあまり好きじゃない。だけどアニャンは、メガネをかけているので、ぼくらはアニャンをぶつことができない。だから、レフェリーにはもってこいなんだ。

それに、どちらのチームもアニャンをほしがらない。だってアニャンは、スポーツをするにはちょっとひ弱で、すぐに泣いちゃうからね。

問題がおきたのは、アニャンが、ホイッスルをかしてと言ったときだ。

ホイッスルをもっているのは、パパがおまわりさんのリュフュスだけだった。

「このホイッスルを人にかすなんてできない」と、リュフュスが言った。「これは家族のたいせつな記念品なんだ」

そういうことなら、どうしようもない。けっきょく、アニャンがリュフュスに合図をおくり、リュフュスがアニャンのかわりに、ホイッスルを吹くことになった。

「ねえねえ、サッカーするの、しないの？　ぼくは、おなかがすいてきたよ！」と、アルセストが大声で言った。

ところが、このあたりから話が、ややこしくなった。アニャンをレフェリーにすると、のこりの選手は十七人だから、それをふたつのチームに分けると、ひとりあまる。

そこでぼくらは、うまい方法を考えた。つまり、ラインズマン

（線審）をひとりおくことにしたんだ。ラインズマンとは、ボールがサイドラインをわると、小さなフラッグをふって知らせる副審のことだ。

ラインズマンに選ばれたのは、メクサンだった。ピッチ全体を見張るのに、ひとりのラインズマンでは足りないけど、メクサンは、よごれているけど大きなひざ小僧の、ほそくて長い足をしているから、走るのがとても速いんだ。

ボールをけりたいメクサンは、どうしてもラインズマンはいやだ、と言った。メクサンは、ラインズマンのフラッグがない、とも言った。それでもけっきょく、メクサンは承知して、最初のハーフだけ、ラインズマンを引き受けた。

メクサンは、ラインズマンのフラッグのかわりに、あまりきれいじゃないハンカチをふることになった。それもしかたがないよ。

家を出るとき、自分のハンカチが、ラインズマンのフラッグになるなんて、メクサンは思いもしなかっただろうからね。

「よし、それじゃ、いよいよキックオフだな?」と、アルセストがさけんだ。

そのあとは、選手の数が十六人だから、とってもかんたんだった。

チームには、キャプテンがいなければならない。そして、だれもがキャプテンになりたがった。でも、アルセストだけはべつで、アルセストは、ゴールキーパーをやりたいと言った。

というのも、アルセストは、走るのがにがてだから。ぼくらは、だれも反対しなかった。アルセストは、ゴールキーパーにうってつけだ。横はばがあるから、ゴールがかくれてしまう。これでキャプテン候補は十五人になったけど、まだまだ多すぎるよね。

「ぼくがいちばん力もちだ」と、ウードが大声で言った。「だからキャプテンになるべきだ。文句のあるやつがいたら、そいつの鼻の頭にパンチをおみまいしてやる!」

「キャプテンになるのはぼくだ、ぼくが一番見ばえがするからだ!」と、ジョフロワが言

うと、ウードはすかさず、ジョフロワの鼻の頭に、パンチを一発くらわせた。だけど、ジョフロワの格好が一番決まっていたのは、ほんとうなんだ。だってジョフロワは、大金もちのパパに、赤白青の三色のジャージ、そのほかサッカー選手のユニフォームをひとそろい買ってもらっていたから。

「ぼくをキャプテンにしないなら」と、リュフュスが大声で言った。「パパを呼んできて、きみたちみんなを刑務所に入れてもらうぞ！」

ぼくは、コイン・トスで決めることを思いついた。コインは、二まい必要になった。というのも、一まい目のコインは草むらに落ちて、どこかにまぎれ込み、いくら探しても見つからなかったから。それは、ジョアキムがかしてくれたコインだったので、ジョアキムは、なっとくが行かず、なくなったコインを探しはじめた。

そこで、ジョフロワが、ジョアキムに約束した。パパから、ジョアキムに小切手を送ってもらって弁償するって。そうこうして、やっと、キャプテンがジョフロワとぼくに決まった。

「ねえ、みんな」と、アルセストが大声で言った。「おやつの時間におくれたくないんだ。早くはじめようぜ！」

キャプテンのつぎは、チームのメンバーを決めなければならない。ほかのみんなは、とてもスムーズに、チームわけができたけど、ウードが問題だった。

ジョフロワもぼくも、ウードがほしかったんだよ。なぜかっていうと、ウードがボールをもってドリブルし出すと、もうだれもウードを止められないからだ。ウードはとくにサッカーが上手なわけじゃない。ただみんなウードがこわいからね。ぼくらはウードが、どちらに入るか決めるために、やっとこさ、コインを見つけてニコニコしていたジョアキムに、もう一度コインをかりてトスをした。

すると、またコインがどこかに行ってしまったんだ。こんどばかりは、ジョアキムもカンカンに怒ったけど、またコインを探しはじめた。そして、かんじんのウードは、麦わらのくじ引きで、短いあたりくじを引いたジョフロワのチームに入った。

ジョフロワは、ウードをゴールキーパーに指名した。そうすれば、だれも、ゴールに近づかないだろうし、ましてゴールをうばわれるなんてありえないと、ジョフロワは考えたんだよ。ウードは、すぐかっとするたちだからね。

アルセストは、ゴールポストがわりの石のあいだにすわって、ビスケットを食べながら、「ねえ、みんな、まだなの？　まだはじめないの？」と、さけんでいた。

ぼくらは、空き地のピッチで位置についた。ゴールキーパーをのぞいて、選手は七人しかいないので、試合はたいへんなことになりそうだった。ところが、両方のチームで、言いあらそいがはじまった。

みんなセンターフォワードをやりたくて、もめているのに、ジョアキムは右のサイドバックをやりたいと言った。それは、そのあたりでジョアキムのコインが行方不明になっていたからで、ジョアキムはサッカーをしながら、コインを探すつもりなんだよ。

ジョフロワのチームでは、騒ぎはすぐにおさまった。というのも、ウードが、みんなの鼻の頭にパンチを連発したので、選手たちは抗議をすることもなく、鼻の頭を手でおさえながら、それぞれのポジションについた。ウードのパンチは強烈なんだよ！

ぼくのチームのほうは、なかなか話がまとまらないでいたけど、きみたちもパンチをくらいたいようだな、待ってろ、いま行くからと、ウードが言ったとたんに、みんなポジションにちった。

アニャンが、リュフュスに「ホイッスル！」と声をかけると、ぼくのチームにいるリュフュスが、キックオフの笛を吹いた。すると、ジョフロワは、いきなり抗議した。

「ずるいぞ！　こっちは太陽がまともに目に入る！　ぼくのチームが、こんな不利なサイドで試合をするなんておかしいよ！」

もし太陽が気に入らないのなら、目をつぶってプレーするしかない。でも、たぶんそのほうが、きみは上手にプレーできるんじゃないかと、ぼくはジョフロワに言ってやった。

それで、ぼくらは、とっくみ合いのけんかになった。

そのとき、リュフュスがホイッスルを吹いた。

「ホイッスルの指示を出してないよ」と、アニャンが大声を上げた。「レフェリーはぼくだぞ！」これが、リュフュスには気に入らなかった。ホイッスルを吹くのに、きみの指示は必要ない。吹きたくなったら、いつでもぼくはホイッスルを吹く、とリュフュスがアニャンに、どなり返した。そして、リュフュスは、まるでブチ切れたかのように、ホイッスルを吹きはじめた。

「きみは意地悪だ、きみはほんとうに意地悪を絵にかいたようなやつだ！」と、わめいてからアニャンはわっと泣きはじめた。

「おーい、みんな！」と、ゴール前のアルセストが声をかけた。
だけど、だれにもアルセストの声は、届かなかった。ぼくは、ジョフロワとけんかしている最中で、ぼくがジョフロワの赤白青の三色のきれいなジャージをびりびりにすると、

「なんだ、なんだ、へいきだぜ！　これっぽっちはなんでもない！　ぼくのパパは新しいジャージをいっぱい買ってくれるからな！」と、ジョフロワは負け惜しみを言った。そして、ジョフロワは、ぼくのくるぶしに、いやというほどキックを入れたんだ。

リュフュスは、「ぼくはメガネをかけてるんだ！　ぼくはメガネをかけてるぞ！」とさけびながらにげるアニャンを追いまわしていた。

ジョアキムは、だれの相手になることもなく、ひたすらコインを探していたけど、けっきょくコインは行方不明のままだった。

ウードは、ゴールポストのあいだで、おとなしくしていたけど、とうとうあきてしまい、だれでも近づいてくる者の鼻の頭に、それはみんな味方の選手なのに、パンチをくり出していた。みんな、歓声を上げて、走りまわっていた。ぼくらは、ものすごく楽しんでいた。ほんとうに最高だった！

「みんな、ストップ、ストップ！」と、アルセストが、また大声を張り上げた。

それをきいて、ウードが腹を立てた。

「試合開始、試合開始と、うるさかったのはきみだろう」と、ウードがアルセストに言った。

「いいとも、いまからキックオフだ。もしなにか言いたいことがあるなら、ハーフタイムが終わってからにしろよ！」

「ハーフタイムだって？　いったい、何の？」と、アルセストが言った。「たったいま気がついたんだけど、サッカーボールがないんだよ。家にわすれてきてしまったんだ！」

On a eu l'inspecteur

新任(しんにん)の視学官(しがくかん)がきたら

とても心配そうな顔で、先生が教室に入ってきた。
「視学官（学校現場を視察するお役人）が、本校にお見えです」と、先生がぼくらに話した。「先生は、みなさんに期待しています。視学官に良い印象をもってもらうように、みなさん、いい子にしてくださいね」
ぼくらは、行儀良くしますと約束した。それにしても先生が、そんな心配をするのはまちがっていると思うな。なぜって、ぼくらはいつだっていい子なんだからね。
「みなさんに注意しておきますが」と、先生が言った。「きょうの視学官は、新しい方です。みなさんのことを、よく知っていた前の視学官は、退職されました……」

それから、先生は、あれこれたくさんの注意をした。ひとつ、質問されていないのに口をきいてはいけない。ひとつ、先生がいいと言うまで笑ってはいけない、などだ。さらに、先生は、この前の視察のときのように、視学官が踏んでころぶといけないから、床の上に、ビー玉をころがしたままほうっておかないように、念をおした。

そのうえで、先生はアルセストを名ざしして、視学官がいるあいだは、ものを食べるのをやめること、そして最後に、クラスで成績がビリのクロテールには、目立つことをしないように、とくべつに注意した。

先生は、ぼくらのことをとんでもないおっちょこちょいだ、と考えているんじゃないかと、ときどきぼくは思う。でもぼくらは、先生のことが大好きなので、いま注意されたことをちゃんと守ります、と約束した。

教室がきれいになっているか、ぼくらの身なりがきちんとしているか、ひととおり見まわしてから、先生は、だれかさんとだれかさんより、教室のほうがきれいですね、と言った。

それから、先生は、クラスで一番勉強ができる、お気に入りのアニャンに、ぼくらの机のインク入れに、インクを入れてまわるように言いつけた。それは、視学官がぼくらに、書き取りをさせる場合にそなえてのことだった。

アニャンが大きなインクのボトルを手にとり、シリーユとジョアキムがすわっている、いちばん前の机のインク入れに、インクを注ぎはじめたとき、だれかが大声で、「視学官がきたぞ！」と言ったので、アニャンは、びっくりして、机のあちこちにインクをこぼしてしまった。視学官がきた、というのはうそだった。廊下に、だれもいなかったので、先生はかんかんに怒った。

「わかってますよ、クロテール」と、先生が言った。「いまのひどい冗談はあなたのしわざね。後ろで立っていなさい！」

泣き出したクロテールは、後ろで立たされていると、目立ってしまう、そして、視学官がたくさん質問すると、ぼくはなにも答えられないだろうと言って、しゃくり上げながら、いまのはうそじゃありません、視学官が校長先生と校庭を歩いてくるのが見えましたと言った。

それは、ほんとうのことだったので、先生も、

「わかりました。いまの罰は取り消します」と言った。

やっかいなのは、一番前の机の上がインクだらけになってしまったことで、先生は、この机を一番後ろに移動させましょう、そうすれば目立たないでしょう、と言った。ぼくらは机を動かしにかかったが、それは大仕事だった。なぜなら、机をぜんぶ移動させないといけないからで、ぼくらがわいわいやっているところに、校長先生が視学官といっしょに教室に入ってきた。

ぼくらは、起立するまでもなかった。というのも、だれも着席していなかったからで、みんな、とてもおどろいたようすだった。

「これが子供たちですが、どうも……いささかざわついているようで」と、校長先生が言った。「そのようですな」と、視学官が言った。「さあ、みなさん、着席しなさい」

ぼくらはみんな着席したけど、ぼくらが後ろに動かそうと思っていた、シリーユとジョアキムの机はちょうど後ろ向きになっており、ふたりは、黒板に背を向けたまま着席した。視学官は先生の顔を見て、このふたりの生徒は、いつも後ろ向きにすわるのかと、きいた。先生は、なにか質問されたときのクロテールみたいな顔をしたけど、泣かなかった。

「ちょっとした手違いがありまして……」と、先生が答えた。

視学官はごきげんななめのようすだった。眉毛が濃くて、眉毛と目がくっついているんだよ。

「いま少し威厳が必要ですな」と、視学官が言った。「さあ、みなさん、その机をもとにもどしなさい」

ぼくらがぜんいん席を立つと、視学官が大きな声で言った。

「みんなが立たなくていい、きみたちふたりだけでいい！」

シリーユとジョアキムは、机をもとにもどして、着席した。

視学官は、ニッコリ笑って、その机の上に両手をついた。

「それでいい」と、視学官が言った。「ところで、きみたちは、わたしがくる前は、なにをしていたのかね？」

「机を動かしていました」と、シリーユが答えた。

「机の話は、もうよろしい！　そもそもなぜ、この机を動かしていたのかね？」と、視学官が強い口調で言ったけど、なんだかイライラしているようすだった。

「インクのせいです」と、ジョアキムが答えた。

「インクだって？」視学官は思わずきき返し、まっ青になっている自分の両手をじっと見つめた。視学官は、ひとつ大きなため息をつき、ハンカチで指をぬぐった。

ぼくらには、視学官や先生や校長先生がちょっと気まずい雰囲気になったことがわかった。そこで、ぼくらは、とびっきりいい子にすると、決めたんだよ。

「わたしの見るところ、あなたは規律の遵守というところに、問題をかかえているようですな」と、視学官が先生に言った。「基礎心理学を活用しなければなりませんぞ」

それから、視学官は、ニコニコしながら、ぼくたちのほうを向き、眉毛と目のあいだを大きく広げた。

「みなさん、わたしはみなさんのおともだちになりたいのです。わたしを怖がる必要はありませんぞ。きみたちが楽しく遊ぶことが大好きなのは知っていますよ。こういうわたしだって、笑うことが大好きなんだからね。さあて、そうだ。きみたちは、ふたりの耳の遠い人の話を知っているかな。

「ひとりの耳の遠い人が、もうひとりの耳の遠い人に、『きみは釣りに行くのか』ときいた。すると、きかれた人は、『いいや、わたしは釣りに行くのだ』と返事をした。すると、最初にきいた人が、『そうかい、わたしはきみが釣りに行くのだと思っていたよ』と言った」

先生の許しがなければ、笑ってはいけないというのが、とても残念だった。だって視学官のお話は、おもしろくて、ぼくらは笑いをこらえるのに必死だったんだ。

今夜、ぼくはパパに、この話をしてあげるんだ。この話はきいたことがないはずだから、パパは、きっと大笑いするだろうな。もちろん、視学官は、だれの許しも必要なかったから、大笑いをしたけど、クラスのだれも笑わないのに気がついて、眉毛をもとにもどし、いかめしい顔つきになり、せきばらいをして、

「よろしい、大いに笑ったから、さあ、勉強をはじめよう」と、言った。

「クラスでは、いまラ・フォンテーヌの『寓話集』の《カラスとキツネ》を暗誦しているところなんです」と、先生が言った。

「それは、結構ですな。それでは、つづけてください」と、視学官。

先生は、だれに当てようか探すふりをして、アニャンを指さした。

「あなた、アニャン、《カラスとキツネ》を暗誦しなさい」

だけど、視学官も手を上げた。

「よろしいかな?」と、視学官は、先生にことわってから、クロテールを指名した。

「きみ、一番後ろのきみ、《カラスとキツネ》を暗誦しなさい」

クロテールは、口をあけたけど、泣きはじめた。

「おやおや、これはいったいどうしたのかな?」と、視学官がたずねた。

先生が、クロテールは大目に見てくださいこの子はとても恥ずかしがりなんです、と説明したので、こんどは、リュフュスが指名された。

リュフュスは、パパがおまわりさんをしているともだちだ。リュフュスは、ぼくは《カラスとキツネ》を暗記していないけど、話の中みはだいたい知っていると言って、それはくちばしにロックフォール・チーズをくわえたカラスのお話です、と説明をはじめた。

「ロックフォール・チーズだって？」と、視学官はきき返して、ますますおどろいたような顔になった。

「ちがうよ」と、アルセストが、横から口を出した。「カラスがくわえているのは、カマンベール・チーズだよ」

「ちがうもんか」と、リュフュスが言い返した。「ぜったいカマンベールじゃないさ。カラスも、やわらかいカマンベールを、くちばしにくわえておくことはできないね。カマンベールは、くちばしからすべり落ちるし、おまけにくさいにおいがするんだぜ！」

「たしかに、においは良くないけど、食べると、とってもおいしいよ」と、アルセストが答えた。「それに、くさいかくさくないかなんて、どうでもいいんだよ。石けんは、とてもいいにおいがするけど、食べるとものすごくまずいぜ。ぼくは一度、ためしに食べてみたんだ」

「うへえ！　きみは、なんてまぬけなんだ」と、リュフュスが、あきれたように言った。「きみのパパに、交通違反切符をたくさん切るように、パパに言いつけてやる！」

そして、ふたりはとっくみ合いのけんかになった。

クラスのみんなが、席を立ち、大声でなにか言っていたけど、クロテールとアニャンはそうじゃなかった。クロテールは、教室のすみっこで、あいかわらず泣いていたし、アニャンは黒板の前に出て、《カラスとキツネ》を暗誦していた。

視学官と校長先生と先生が、三人口をそろえて「いい加減にしなさい！」と大きな声で言った。ぼくらはみんな、大はしゃぎしていたんだよ。

騒ぎがおさまって、ぜんいん着席すると、視学官はハンカチをとり出し、顔をふいたので、顔じゅうに青いインクがついた。

ぼくらには、笑う権利がないのが、ほんとうに残念だった。つぎの休み時間まで、笑うのをがまんしなくてはいけなくて、笑いたいのをこらえるのが、とてもたいへんだったんだ。

視学官は、先生のそばに行き、先生と握手をした。

「たいへんなお仕事ですな、マドモワゼル。今日こそ、わたしは、われわれの仕事が、なぜ聖なる職業と呼ばれるのか、よくわかりました。どうか、つづけてください！　がんばってください！　ブラボー！」

そして、視学官は、校長先生といっしょに、足早に教室から出て行った。

ぼくらは、先生が大好きだ。なのに、先生は、ぼくらにきびしかったんだよ。だって、先生がほめられたのは、ぼくらのおかげなのに、先生は、ぼくらぜんいんを、居残りの罰にしたんだ！

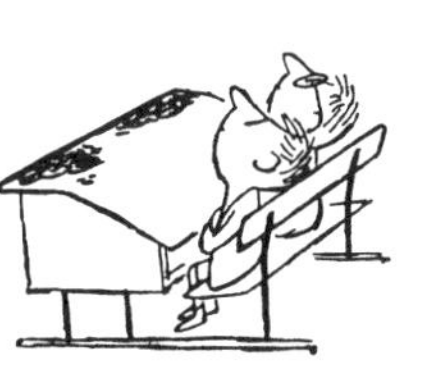

Rex

まいご犬(いぬ)・レックスはキキ

学校の帰り道、ぼくは、一匹の小犬のあとを追いかけた。小犬は、まいごになったらしく、ひとりぼっちだったので、ぼくはとてもかわいそうになった。

ともだちができたら、小犬もよろこぶだろうと思って、やっとこさ追いついた。小犬のほうは、ぼくといっしょにくる気はなさそうだった。用心しているにちがいなかった。そこでぼくは、チョコレート・プチパンの半分を、小犬にやった。すると、小犬はそれを食べ、しっぽをブルブルふりまわしはじめた。

ぼくは、小犬にレックスと名前をつけた。先週の木曜日に見た刑事映画に出てきた犬の名前だ。レックスは、いつもなにか食べているクラスメートのアルセストが食べるように、あっという間にプチパンをたいらげ、そのあと上きげんで、ぼくについてきた。レックスをつれて家に帰ったら、パパとママには、すてきなサプライズになるだろう、とぼくは考えた。

それから、ぼくはレックスに、いろんな芸を仕込む。レックスは家の番をし、先週の木曜日の映画のように、ぼくがギャングをつかまえるのを、手伝ってくれるだろう。

ねえ、読者のみんなも、ぼくの言うことが信じられないと思うけど、ぼくが家に帰ると、レックスを見たママは、ぜんぜんうれしそうじゃなかった。それどころか、とてもいやな顔をしたんだ。

それは、レックスのちょっとした失敗のせいでもあるんだ。

ぼくらが客間に入り、ママがやってきて、ぼくにキスをし、学校はどうか、なにか馬鹿なことをしなかったか、きいているときに、レックスがママの目に入った。

「この小犬、どこでひろってきたの？」と、ママが大きな声で言った。

ぼくは、レックスは、かわいそうなまいごの小犬で、ぼくがギャングをつかまえる手伝いをしてくれる、と説明をはじめた。レックスも、おとなしくしていてくれればよかったのに、ひじ掛けいすにとび乗って、クッションをガリガリやりはじめた。それはね、お客さまがあるときだけ、パパにすわる権利がある、たいせつなひじ掛けいすなんだ！

ママは大声でお説教をつづけ、生き物を家につれて帰ることを禁止したはず（それはほんとうで、ぼくが前にはつかねずみをもってきたときに、ママに禁止されていたんだ）、犬は危険です、この犬は狂犬病かもしれない、わたしたちみんなにかみついて、それでみんな狂犬病になるのよ、だからママがほうきでこの犬を外に追っぱらう、その前に一分あげるから、この犬を外につれ出して、と言った。

ひじ掛けいすのクッションにかみついているレックスを引きはなすのに、ぼくはひと苦労した。レックスはクッションの切れはしをくわえこんでいた。レックスがこんなにクッションが好きだなんて、ぼくは知らなかったな。

それから、レックスをだいて、ぼくは庭に出た。ぼくはとても悲しくなって、とうとう泣いてしまった。レックスも悲しかったかどうか、わからないけど、クッションの切れはしを、はき出そうと一生けんめいだった。

帰ってきたパパは、玄関のドアの前にすわっているぼくらを見つけた。ぼくは、泣いていて、レックスは糸くずをはき出していた。

「やれやれ」と、パパが言った。「こんなところで、なにをしているのかな?」

そこで、ぼくはパパに、ママがレックスをきらっていること、だけどレックスはぼくのともだちで、ぼくがレックスのたったひとりのともだちで、ぼくがギャングをつかまえるのを手伝ってくれることや、仕込んだらグルグルまわる芸をすること、そしてぼくがいまとてもみじめな気持ちでいることを説明していると、わっと涙が出てきた。

そのあいだ、レックスは、後ろ足で耳を引っかいていた。これってすごくむずかしいんだよ。前に一度、学校でぼくらもやってみたんだ。メクサンだけができた。だって、メクサンの足はとっても長いからね。

パパは、ぼくの頭をなで、それからぼくに、ママの言うとおりだよ、犬を家の中に入れるのは危険だし、犬は病気かもしれないし、そうなると、犬はぼくやママにかみつき、そのあげく、ぼくらはよだれをたらし、狂犬病にかかってしまう。だけど、おまえもパスツール博士のことはあとで学校で教わるだろうが、パスツール博士がお薬を作ったので、おかげで狂犬病もなおるようになった。博士は人類の恩人だが、でもあの注射はとても痛いぞ、と言った。

ぼくはパパに、レックスは病気じゃない、食欲があるし、それにすごくりこうだと言った。すると、パパはレックスを見て、ときどきぼくの頭をそうするように、その頭をなでた。「たしかに、この小犬は元気そうだね」と、パパが言うと、レックスはパパの

手をなめはじめた。

これが、ものすごくパパの気に入ったんだ。

「かわいいじゃないか」と、パパがもう片方の手を出して、「お手。さあ足を出して。さあ、お手だ、やってごらん！」と言うと、レックスはお手をして、またパパの手をなめた。

それから、こんどは後ろ足で、耳を引っかくし、ほんとにレックスはじっとしていない。

パパは笑いながら、ぼくに、

「いいだろう、ここで待っていなさい。おまえのお母さんに話をしてみよう」と言って、家の中に入った。

ぼくのパパは、やさしいパパだ！　パパがママと相談しているあいだ、レックスと遊んでいると、レックスが、ちんちんをはじめた。でもぼくが、ごほうびをあげなかったので、レックスは後ろ足で耳をかいた。レックスって、ほんとにりこうな犬なんだよ！

家から出てきたパパは、ちょっとむずかしい顔をしていた。パパは、ぼくのそばにすわり、ぼくの頭をなで、ママは家の中で犬をかうのはだめだってさ、クッションのことがあったからなおさらだ、と言った。

ぼくは泣き出しそうになったけど、そのとき、ひとつひらめいた。

「レックスを家の中でかうのがだめなら、庭でかえばいいよ」とぼくが言った。

パパは、ちょっと考えて、それは名案だ、庭ならレックスも家具をこわすこともない、レックスに犬小屋を作ってやろう、いますぐに、と言った。ぼくは、パパにキスをした。

ぼくらは、屋根裏の倉庫に板をとりに行き、パパは大工道具をもってきた。レックスは、ベゴニアをむしゃむしゃ食べはじめたけど、客間のひじ掛けいすにくらべれば、なんでもないよ。だって、ひじ掛けいすはひとつだけど、ベゴニアは数が、うんとたくさんあるからね。

パパは、板をえらびはじめた。

「見ていなさい」と、パパが言った。「すばらしい犬小屋を作ってあげよう。ほんものの御殿のようなやつをね」

「レックスに、たくさん芸を教えてやるんだ。レックスは家の番もするんだよ！」と、ぼくが言った。

「そうとも」と、パパが言った。「たとえばブレデュールのような、かってに庭に入ってくるようなやつを、追っぱらうように訓練するといいな」

ブレデュールさんというのは、ぼくらのおとなりさんで、パパとふざけ合うのが大好きなんだよ！

レックスとぼくとパパは、楽しくやっていた！　ところが、パパがかなづちで指をたたいて、悲鳴を上げたのが、ちょっとまずかったね。ママが家から飛び出してきたんだ。

「ふたりで、なにをしているの？」と、ママ。

そこでぼくはママに説明した。ぼくとパパは、レックスを庭でかうと決めた、庭だったらひじ掛けいすもない、パパがレックスのために犬小屋を作ってる、パパはブレデュールさんをかむようにレックスを仕込んで、ブレデュールさんを狂犬病にかからせるんだって、と。

パパは、ほとんど口をきかなかった。パパは、かなづちでたたいた指を口で吸いながら、ママの顔を見ていた。ママはとても怒っていた。その犬をわが家でかうわけにはいかない、わたしのベゴニアに、どんな悪さをしたか見てごらんなさい！と言った。

すると、レックスは頭を上げ、しっぽをふりながら、ママのそばに行き、そして、ちんちんをした。ママがレックスを見て、身をかがめ、頭をなでると、レックスはママの手をなめた。そのとき、庭の門の呼び鈴がなった。

パパが門をあけると、おじさんがひとり、入ってきた。

おじさんは、レックスを見ると、

「キキ！　やっと、見つけたぞ！　あちこち探しまわったんだよ！」と言った。

「すみませんが、ムッシュー、どんなご用ですか？」と、パパがきいた。

「どんなご用だって？」と、おじさんが言った。「わしの犬に、用があるんですよ！　さっき散歩のとちゅうで、キキの姿を見うしなってね。聞くと、どっかの坊やが、キキをこっちのほうにつれて行くのを見たという人がいてね。それで探しにきたんですよ！」

「この犬は、キキじゃない、レックスだよ」と、ぼくが言った。「ぼくらは先週の木曜日の映画のようにギャングをつかまえるし、ブレデュールさんがぎゃふんと言うように仕込むんだ！」

　でも、すっかりごきげんになったレックスは、おじさんの腕の中にとび込んだ。

「この犬が、あんたの犬だという証拠があるんですか？」と、パパがきいた。「この犬はまいごだったんだよ！」

「首輪だよ」と、おじさんが言い返した。

「あんたは、この子の首輪を見なかったのかね？　ジュール＝ジョセフ・トランペって、わしの名前が書いてあるんだよ。それに住所もね！　わしは、あんたを訴えたいくらいだよ！

さあ行こうか、わしのかわいそうなキキ、まったくけしからん連中だ！」

そして、おじさんは、レックスをつれて出て行った。

ぼくらは、その場で、あっけにとられていたけど、しばらくすると、ママが、シクシク泣きはじめた。すると、パパはママをなぐさめながら、なあに、そのうち、ニコラがまたべつの犬をつれてくるさ、とうけ合ったんだよ。

Djodjo
転校生(てんこうせい)ヂォヂォはチャンピオン

ぼくらのクラスに転校生がきた。午後、先生が男の子を教室につれてきた。髪の毛はまっ赤、顔はそばかすだらけ、目はブルーだった。その転校生の目は、きのうの休み時間に、メクサンのいかさまにやられて、ぼくがとられたビー玉の色にそっくりだった。

「みなさん」と、先生が言った。「新しいクラスメートを紹介します。おともだちは外国人ですが、ご両親がこの学校を希望されたのは、フランス語が話せるようになるためです。みなさんの協力をお願いします。親切にしてあげてくださいね」

そして先生は、転校生のほうをふり向いて、

「クラスメートたちに、あなたの名前を教えてください」と言った。

転校生は、先生がなにを言っているのかわからず、ただニコニコしていた。それで、ぼくらは転校生が、りっぱな歯をたくさんもっているのがわかった。

「めぐまれたやつだなあ」と、いつもなにか食べている、ふとっちょのともだちのアルセストが言った。「あの歯なら、どんな食べ物でも、がぶり、がりがりだな!」

転校生がだまっているので、名前は、ジョージ・マッキントッシュだと、先生がぼくら

に紹介した。

「イエス、ヂオージです」と、転校生がはじめて口をきいた。

「すみません、先生」と、メクサンが先生に聞いた。「ジョージなんですか、ヂオージなんですか？」

先生の説明によると、転校生の名前はジョージだけど、ジョージの国の言葉では、ヂオージと発音するんだって。

「わかった」と、メクサンが言った。「それならジョジョとよべばいいや」

「だめだめ、ヂォヂォにするべきだね」とジョアキム。

すると、メクサンが、「だまれ、ヂオキム」と言い返したので、ふたりは罰を受け、教室の後ろのすみに立たされた。

先生は、ヂォヂォをアニャンのとなりの席にすわらせた。アニャンは、この新入りを警戒しているようすだった。なぜかというと、アニャンはクラスで一番勉強ができる先生のお気に入りなので、いつも新入りを怖がっている。だって、新入りが一番になり、お気に入りになるかもしれないからね。ぼくらが相手なら、アニャンはなんの心配もないことを、ちゃんと知っているんだよ。

ヂォヂォは、席についても、あいかわらず白い歯を見せ、ニコニコ笑っていた。

「だれもジョージの国の言葉を話せないのは、残念ですね」と、先生が言った。

「ぼく、初歩の英語なら、少しできます」と、アニャンが言った。たしかに、アニャンは英語を上手に話すんだよ。だけど、アニャンが初歩の英語で、ヂォヂォに話しかけると、ヂォヂォは、アニャンの顔をじっと見て、それから笑いはじめ、自分のおでこを人差し指でポンとたたいたんだ。

アニャンは、うんと気まずい思いをしたけど、ヂォヂォの仕草はむりもなかったんだ。あとでわかったことだけど、アニャンは、お金もちの洋服の仕立て屋さんのことや、おじさんの庭が、おばさんの帽子より大きいなんてことを話したらしい。どうかしているんだよ、アニャンは！

休み時間の鐘が鳴ったので、ぼくらはみんな、教室から外に出た。ジョアキムとメクサンとクロテールは、罰のために教室に残った。クロテールは、クラスの成績がビリで、勉強がからきしできない。だから先生に質問されたら最後、クロテールの休み時間は、なくなってしまうんだよ。

校庭では、ぼくらはみんな、ヂォヂォをとりかこんで集まった。いっぱい質問をしても、ヂォヂォのほうは、白いりっぱな歯を見せて笑っているばかり。しばらくして、ヂォヂォが話しはじめたけど、ぼくらにはチンプンカンプン。「ワンシュアンシュアン」とだけ、きこえたけど、なんのことやら、さっぱりわからない。

映画をたくさん見ているジョフロワが言った。「これはオリジナルだな。もともとの言葉でしゃべっているんだ。だから、字幕がないと、意味がわからないね」

「ぼくなら翻訳できるかもしれない」と、もう一度、初歩の英語力をためしてみたくなったアニャンが言った。

すると、リュフュスが、「また、きみか。こりずにまたやるつもりかい、いかれポンチさん?」とやり返した。自分のジョークが気に入ったので、リュフュスは、指でアニャンをさしながら、「へいへい！　いかれポンチ、いかれポンチ、いかれポンチやーい！」とはやし立てた。リュフュスはとてもごきげんだった。

アニャンは、泣きながら、走って行った。いつもすぐ泣くんだよ、アニャンは。ぼくらは、ヂォヂォがとてもゆかいなやつだと、わかりはじめたので、ぼくは、休み時間のチョコレートひとかけを、ヂォヂォにあげた。

「イギリスでは、どんなスポーツをやるの？」と、ウードがきいた。

ヂォヂォは、もちろん意味がわからないので、「いかれポンチ、いかれポンチ、いかれポンチ」と言うばかり。

そこで、ジョフロワがかわりに答えた。「くだらない質問だな、イギリスなら、テニスに決まってるじゃないか！」

「このおっちょこちょい」と、ウードが大きな声で言った。「きみにきいたんじゃない、きみはお呼びじゃない！」

「おっちょこちょい！　いかれポンチ、いかれポンチ！」と、転校生も声を張り上げて、覚え立てのフランス語を連発し、ぼくらと楽しくやっているようすだった。

だけど、ジョフロワは、ウードの言い方が気にさわった。

「だれが、おっちょこちょいだって？」と、ウードにつっかかって行った。

これがジョフロワのまちがいだった。というのもウードは、とても腕力が強く、だれの鼻の頭であろうが、パンチをおみまいするのが大好きなんだから。あんのじょう、ジョフロワは、見事な一発をくらった。

そのパンチを目にしたとたん、「いかれポンチ、いかれポンチ」とか、「おっちょこちょい」と、浮かれていたギォギォが、ぴたりと口を閉じた。ギォギォは、ウードをにらみつけ、「ボクシングか？　いいとも！」と言った。ギォギォは、顔の前に握り拳をかまえて、クロテールの家で見たテレビのボクシングの選手のように、ウードのまわりをおどるようにまわりはじめた。クロテールの家にはあるけど、ぼくらの家には、まだテレビがない。ぼくの家でも、パパが買ってくれたらいいのになあと思っているんだ。

DINGUE !
VILAIN CAFARD
ESPÈCE DE
GUIGNOL !!!..

「こいつ、いったい、どういうつもりなんだ?」

と、ウードがきいた。

「なに言ってるんだ、きみとボクシングをやるつもりなんだよ!」と、鼻の頭をさすりながら、ジョフロワが答えた。

「よし、わかった」と、ウードは言って、ヂォヂォとにらみ合った。

ヂォヂォのほうが、ウードよりはるかにす早かった。ヂォヂォが、パンチをたくさんくり出すと、とうとう、ウードは頭にきて、怒りはじめた。

「鼻の頭が、ちょこまか動きまわるから。ちくしょう、いったいどうやってぶちかませばいいんだ?」と、ウードがどなったとたん、

「バンー!」。ヂォヂォのパンチが、ウードの顔面でさくれつし、ウードはたおされて、しりもちをついた。ウードは、負けてもさっぱりしていた。

「きみはタフだ、やるね!」と言いながら、ウードは立ち上がった。

「タフ、いかれポンチ、おっちょこちょい!」と、ヂォヂォが答えた。こういう言葉はすぐに覚えるんだよ。

休み時間が終わった。そしていつものように、アルセストは、家からもってきたバターをたっぷりぬった四つのプチパンを食べ終える時間がなかったと、ぼやいていた。ぼくらが教室にもどると、先生がヂォヂォに、休み時間は楽しかったかときいた。すると、アニャンが立ち上がって、先生に言った。

「先生、みんながヂォヂォに下品な言葉を教えています!」

するとクロテールが、「そんなのうそだ、とんでもないうそつきだ!」と、大声で言ったけど、クロテールは、休み時間に校庭にいなかったんだよ。

「いかれポンチ、おっちょこちょい、とんでもないうそつき」と、ヂォヂォは、得意そうに言った。

　ぼくらは口を閉じていた。なぜかと言うと、先生がとてもごきげんななめなのがわかったからね。

「あなたがたは」と、先生が言った。「フランス語のわからないクラスメートを、笑いのたねにして恥ずかしくないのですか！　親切にしてあげるようにお願いしたのに、これではもう今後、みなさんを信用することができません。みなさんはお行儀の悪い、小さな野蛮人のようにふるまったのですよ！」

「いかれポンチ、おっちょこちょい、とんでもないうそつき、野蛮人、行儀悪い」と、ギオギォが言った。言葉をたくさん覚えたので、ギオギォは、とてもうれしそうだった。先生は、目をまんまるくして、転校生を見た。

「まあ……なんということでしょう」と、先生が言った。「いけません、ジョージ、そのような言葉を口にしてはいけません！」

「わかったでしょ、先生？」と、アニャンが先生に言った。「さっきぼくが言ったとおりでしょ？」

すると、先生は大きな声で、「居残りの罰を受けたくなければ、人のことには口出ししないようにしなさい！」と、アニャンをしかった。アニャンは、泣きはじめた。

「うすぎたない告げ口野郎！」と、だれかがさけんだけど、先生にはそれがだれだかわからなかった。もしわかっていたら、ぼくが罰を受けただろうな。

すると、アニャンは、床の上をころげまわりながら、みんなぼくのことがきらいなんだ、こんなひどい話はない、ぼくは死にそうだとわめいたので、落ちつかせるために、先生はアニャンを教室の外につれ出し、水で顔を洗ってやらなければならなかったんだ。

アニャンをつれてもどってきた先生は、疲れたようすだった。運がいいことに、そのときちょうど、授業の終わりの鐘が鳴った。教室を出る前に、先生は転校生の顔をじっと見ながら、「あなたのご両親と相談してみましょう」と言った。

ヂォヂォは先生と握手しながら、「うすぎたない告げ口野郎」と答えた。

先生の心配は、おかどちがいだった。というのも、ヂォヂォのパパとママは、息子が必要なフランス語をすべて学んだ、と考えたにちがいなかったからだよ。
その証拠に、ヂォヂォは、二度と学校にやってこなかったんだ。

DINGUE !
VILAIN CAFARD
ESPÈCE DE
GUIGNOL !!!..

Le chouette bouquet
ママにすてきな花束を

きょうは、ママのお誕生日だ。ぼくは、毎年、ママにプレゼントを買ってあげると決心した。と言っても、それは去年からのことだ。だって、その前のぼくは、小さすぎて買い物ができなかったんだもの。

ぼくは、貯金箱にためていたお金をとり出した。ラッキーなことに、きのうママがぼくに偶然お金をくれたので、お金はたくさんあった。ママへのプレゼントはもう決まっていた。それは、とっても大きなすばらしい花束で、客間の青い大きな花びんにかざるんだ。

学校で、ぼくはプレゼントを買いに行くのに、早く授業が終わらないかなあと、とてもそわそわしていた。お金をなくさないように、ぼくはずっとポケットに手を入れっぱなし

で、休み時間に、サッカーをするときも入れたままだった。

ぼくは、ゴールキーパーじゃないから、問題なかった。食べることが大好きで、とてもふとっちょのともだちのアルセストが、ゴールキーパーだった。

「片手をポケットに入れたまま走るなんて、いったいどうしたのさ？」と、アルセストがぼくにきいた。

それは、ママのためにお花を買いに行くからだ、とぼくがアルセストに説明したら、アルセストは、ぼくに、ケーキか、キャンディーか、白ブーダン（牛乳と子牛肉の腸づめ）か、なにか食べるもののほうがいいぜと言った。

プレゼントは、アルセストにあげるものじゃないので、ぼくは耳をかさず、アルセストからゴールを奪ってやった。試合は、ぼくらが四十四対三十二で勝った。

校門を出ると、アルセストは文法の時間に食べ残したチョコレート・プチパンの半分をもぐもぐやりながら、花屋さんまでいっしょについてきた。

ぼくらは花屋さんに入り、ぼくはもってきたお金をぜんぶカウンターの上に置き、お店のおばさんに、ママにあげるうんと大きな花束がほしい、でもベゴニアはいらない。だってベゴニアは家の庭にいっぱい咲いていて、わざわざよそで買う必要がないから、と言った。

「ぼくらは、なにかかっこいいお花がほしいな」と言いながら、アルセストは、ショーウインドウに並んでいる花に鼻を近づけ、いい香りがするかどうか確かめようとクンクンやった。

ぼくのお金を数えたお店のおばさんは、これではそんなにたくさんのお花を買うことはできないわね、と言った。ぼくがとてもがっかりしていると、おばさんはぼくの顔を見て、少し考えてから、あなたはとってもかわいい坊やだからと言い、ぼくの頭に軽くタッチして、それから、おばさんがいい花束を作ってあげましょう、と言った。

おばさんは、右から左から、数本の花を選び、それから緑色の葉っぱをいっぱいそえた。アルセストは、緑色の葉っぱがポトフ（牛肉と野菜の煮込みスープ）に入れる野菜に似て

いるので、それがとても気に入った。

花束はとてもきれいで、とても大きくて、おばさんはそれをカシャカシャ音のするセロハン紙でつつみ、気をつけてもって帰るのよ、と言った。ぼくは花束を受けとり、アルセストは花の香りをかぎ終わったので、お店のおばさんにお礼を言い、ぼくらは花屋さんを出た。

ぼくは花束を手にもって、すっかりごきげんだった。そのとき、向こうからやってくるクラスメートの三人、ジョフロワ、クロテール、リュフュスに出くわした。

「おーい、ニコラを見てみろ」と、ジョフロワが言った。「まぬけな顔で、花束なんかかかえているぜ！」

「ぼくが花束をもっていて良かったな」と、ぼくはジョフロワに言い返した。「さもなきゃ、一発おみまいするところだぞ！」

「きみの花束をぼくによこせ」と、アルセストが言った。「ぼくがもっててやるから、ジョフロワをやっちまえ」

ぼくが花束をアルセストにあずけると、ジョフロワがぼくを平手でぶった。ぼくらはけんかをはじめたけど、ぼくは家に帰るのがおそくなるからと言って、けんかをやめた。だけど、ぼくはすぐには家に帰れなかったんだ。

というのも、クロテールが、「アルセストを見てみろ、こんどはアルセストがまぬけな顔で、花束なんかかかえているぜ！」と言ったからだ。それをきいたアルセストは、クロテールの頭に、すごい一発をくらわせたんだ。ぼくの花束でだよ！

「ぼくの花束だぞ！」と、ぼくはさけんだ。「花束をぶっこわすつもりなのか！」

まったく信じられないことに、アルセストはぼくの花束で、クロテールの頭を、なんどもなんどもたたき、つつんでいたセロハン紙がやぶれ、花がそこらじゅうにちらばった。

クロテールは、大きな声でさけんでいた。「へいきだね、ちーっとも、痛くないもんね！」

アルセストが花束をふりまわすのをやめたとき、クロテールの頭は、ぼくの花束の緑の

葉っぱでおおわれ、ほんとうに、ポトフに入れる野菜そっくりだった。

ちらばった花をひろい集めながら、ぼくはクラスメートたちに、きみたちは意地悪だと言ってやった。

「そのとおりだな」と、リュフュスがあいづちを打った。「きみたちはひどいやつらだ、ニコラの花束をだいなしにしてしまったんだぞ！」

「きみなんか、お呼びじゃないぜ」と、ジョフロワがくってかかり、リュフュスとジョフロワがけんかをはじめた。アルセストは先に家に帰った。なぜかというと、ポトフに入れる野菜そっくりのクロテールの頭を見て、アルセストは、すっかりおなかがすいてしまい、晩ご飯におくれたらたいへんだと思ったからだよ。

ぼくは、ひろい集めた花をもって、歩きはじめた。花は何本かなくなっていたし、もう青い葉っぱもつつみ紙もなかったけど、まだりっぱな花束だった。そしてそれから、少し行ったところで、ぼくはウードに出くわした。

「ビー玉をやらないかい?」と、ウードがさそった。

「できないよ。この花束をママにプレゼントしたいから、早く家に帰らないといけないんだ」と、ぼくはことわった。

だけど、ウードが、家に帰るにはまだ早いじゃないかと言った。それに、ぼくはビー玉遊びが大好きだし、ビー玉がとてもうまくて、ねらって当てにいくと、バチン!　ほとんどいつも、ぼくが勝つんだ。

それで、ぼくは歩道の上に花をおき、ウードと遊びはじめた。ウードとビー玉をやるのはごきげんなんだ。というのも、たいていぼくが勝つからね。

めんどうなのは、負けたときに、ウードが腹を立てることなんだよ。ウードは、ぼくにいかさまをしただろうと言い、ぼくが、きみはうそつきだと言い返すと、ウードがぼくをどんと突いた。ぼくは花束の上にドスンとしりもちをつき、それで花束はぺしゃんこになった。

「きみがママの花束になにをしたか、ママに言わなくちゃ」と言うと、ウードはこまった顔になった。それで、ウードは、あまりつぶれていない花をえらぶのを手伝ってくれた。

ぼくはウードが大好きだ。ウードはいいともだちなんだよ。

ぼくは歩きはじめた。ぼくの花束は、すっかり小さくなったけど、まだ花が三本残っているから、だいじょうぶだろう。一本は少しつぶれていたけど、二本はとてもきれいだった。

そのとき、自転車に乗って走ってくるジョアキムに、出くわした。ジョアキムも、ぼくのクラスメートで、自転車をもっているんだ。ぼくは、もうぜったいにけんかをしないと決心していた。だって、もしぼくが、街で出会うクラスメートみんなとけんかしていたら、ママにプレゼントする花が一本もなくなってしまうからね。

それにけっきょく、花束はクラスメートには関係ないことなんだ。ママに花束をプレゼントするのは、ぼくの権利なんだし、思うに、みんなはぼくがうらやましかったんだな。だって、花束をプレゼントすれば、ママはとても喜んでくれるだろうし、おいしいデザートを作ってくれるし、あなたはとってもやさしい子ね、と言うに決まっているのだもの。

でも、どうしてみんなして、ぼくをからかうんだろう？

「やあ、ニコラ！」と、ジョアキムがぼくに声をかけた。

「ぼくの花束が、なんだって言うんだ？」と、ぼくはどなってやった。「まぬけは、きみのほうだ！」

ジョアキムは自転車を止め、目をまんまるくしてぼくを見て、

「なんの花束だって？」ときいた。

「これだよ！」とぼくは答えざま、ジョアキムの顔に花束を投げつけた。ジョアキムにしてみれば、顔に花束を投げつけられるなんて考えもしなかったと思うけど、とにかくこれがジョアキムの気にさわったんだ。ジョアキムは、ぼくが投げた花束をつかむと、道路にほうり投げた。花束は走ってきた自動車の屋根の上に落ち、ぼくの花束は自動車とともに

走り去って行った。

「ぼくの花束が！」と、ぼくはさけんだ。「ママの花束が！」

「心配するなって」と、ジョアキムが言った。「自転車で追いかけて、花束をとってきてやるから」

ジョアキムは、いいやつなんだ。でもペダルを速くこげない。とくに登りの坂道ではね。それでもジョアキムは、大きくなったら出場するつもりのツール・ド・フランス（フランス一周自転車競技）のために練習しているんだよ。

しばらくして、もどってきたジョアキムが、自動車に追いつけなかった、登り坂でおいて行かれた。とぼくに報告した。でもジョアキムは、自動車の屋根から落ちた花を一本ひろってきてくれた。でも、それがぺしゃんこにつぶれた花だったとは。まったくついてなかったんだよ。

ジョアキムは、すごいスピードで走って行った。ジョアキムの家に行く道は、下り坂なんだ。そんなわけで、すっかりしわくちゃになった花を一本もって、ぼくも家に帰った。ぼくはのどの奥になにかでっかいものがつっかえているような気分だった。0点だらけの成績表をもって、家に帰るときのような暗い気持ちだった。

ぼくは、玄関のドアをあけ、

「ママ、お誕生日おめでとう」と言って、泣き出してしまった。

ママは、ぼくの花を見て、ちょっとおどろいた顔をしたけど、ぼくを両腕でだきしめ、なんどもなんどもぼくにキスをし、こんなにきれいな花束はいままでもらったことがない、と言って、花を客間の青い大きな花びんにさした。

読者のみんなは、言いたいように言えばいいさ。だけどね、ぼくのママは最高のママなんだぞ！

Les carnets
成績表なんか怖くない……

きょうの午後、学校で、ぼくらはしずまり返っていた。というのも、校長先生が教室にきて、ぼくらに成績表を手わたすことになっていたからだ。

成績表を脇にかかえ、教室に入ってきたとき、校長先生はしぶい顔をしていた。

「わたしは教育の場に身をおいてずいぶん長くなるが」と、校長先生が言った。「これほど落ちつきのないクラスは、一度も見たことがない。担任の先生が、きみたちの成績表に書いている観察記録がその証拠です。ではこれから、成績表をくばります」

するとクロテールが泣きはじめた。クロテールは、成績がクラスのビリだから、毎月クロテールの成績表に、先生はいろんなことをたくさん書き込む。それを読むと、クロテールのパパとママはふきげんになり、クロテールはデザート抜きで、テレビも見せてもらえない。クロテールの話だと、月に一度、クロテールのママは、デザートを作らないし、クロテールのパパは、テレビを見に、ご近所の家に行くんだって。

ぼくの成績表には、《落ちつきのない生徒、しばしば注意力に欠ける。改善の見込みあり》と書いてあった。ウードは、《騒々しく、注意散漫な生徒。クラスメートとのもめごと多い。改善の見込みあり》。リュフュスは、《教室内にてホイッスルをもて遊ぶ性癖、没収にいたること多い。改善の見込みあり》。ひとり、アニャンだけはなにも改善することがない。アニャンは成績がクラスで一番で先生のお気に入りなんだ。

校長先生は、ぼくらの前でアニャンの成績表を読み上げた。

《勉強熱心な生徒、頭脳明晰。前途有望》

校長先生はぼくらに、アニャンをお手本にしなければならない、ぼくたちは小さなならず者で、このままではいずれ刑務所に入ることになる、そうなれば、きみたちにほかの進路を考えなければならないご両親は、きっとたいへん悲しくつらい思いをするだろう、と言った。そして、校長先生は教室を出て行った。

ぼくらは、すっかり落ち込んでしまった。だって、成績表には、ぼくらのパパのサインをもらわないといけなくて、これがいつもたいへんな騒ぎのもとになるからだ。

それで、授業の終わりの鐘が鳴っても、いつものように、校門めがけて、みんなでおし合いへし合いかけ出すこともなく、ふざけてだれかにカバンをもたせることもしないで、ぼくらは口をつぐんだまま、しずしずと校門をあとにした。

先生まで、悲しそうな顔をしていた。ぼくらは、先生をうらんだりしていない。ただ今月は、ぼくらも少しふざけすぎた、と言うべきなんだ。ウードの髪を引っぱったのは、リュフュスだったのに、かん違いしたウードは、ジョアキムの鼻の頭にパンチをぶちかまし、顔をゆがめて床にたおれ込んだジョアキムに、ジョフロワがインクをぶっかけたりしなければよかったんだよ。

ぼくらは、街の中を、足を引きずるように、のろのろ歩いていた。アルセストが買い物をするというので、ケーキ屋さんの前でぼくらが待っていると、アルセストはチョコレート・プチパンを六つ買ってきて、すぐに食べはじめた。

「ぼくは買いだめしておかないといけないんだよ。たぶん、今夜はデザートが……」と、アルセストは言い、ひとつ大きなため息をつきながら、口をもぐもぐさせていた。

アルセストの成績表には、《もしこの生徒が、食べるのとおなじエネルギーを勉学にふり向ければ、クラスで一番になるはず、それゆえ改善の見込みあり》と、書かれていた。

ウードだけは、まったくふだんと変わらなかった。

「ぼくは、心配しなくていいんだ」と、ウードが言った。「パパは、ぼくに何も言わないからね。ぼくは、ただパパの目をまっすぐじっと見る。すると、パパは成績表にサインしてくれる。それで終わりだ！」運のいいやつだな、ウードって。

ぼくらは街の角まできて、ばらばらになった。クロテールは泣きべそをかいて、アルセストは口をもぐもぐさせながら、リュフュスはホイッスルを低く吹きながら、帰った。

ぼくは、ウードとふたりきりになった。「もしきみが家に帰るのがこわいなら、いい考えがあるぜ」と、ウードが言った。「ぼくの家にきて、とまっていけばいいよ」

ウードこそ、ほんとのともだちだ。ぼくらが、ならんで歩きだすと、どんなふうにパパの目をまっすぐじっと見るのか、ウードが話してくれた。だけど、家に近づくにつれて、ウードはだんだんしゃべらなくなった。

ウードの家の玄関の前についたとき、ウードはもうほとんど口をきかなくなり、ぼくらはしばらく玄関の前でじっとしていた。「それじゃ、中に入る？」と、ぼくがきいた。

すると、ウードは、こまったようすで頭をかきながら、

「ちょっと、ここで待っててよ。すぐにむかえにくるから」と言った。

それからウードは家の中に入った。玄関のドアが半びらきになっていたので、ぼくには中の音がきこえた。バチンという平手打ちの音、「今夜は、デザート抜きでねるんだぞ、このできそこないが！」というおっかない声、それからウードの泣き声。ぼくが思うに、ウードはきっと、パパの目をじっとまっすぐ見るのをしくじってしまったんだよ。こまったなあ、とうとう、ぼくも家に帰るしかなくなった。歩道の敷石のすきまに足をはさまないように気をつけながら、ぼくは歩きはじめた。ゆっ

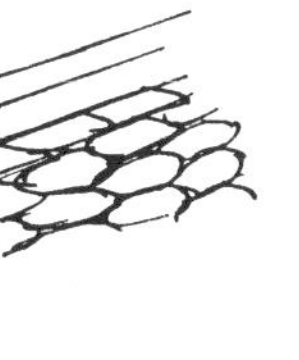

くり歩くと、それはとてもかんたんだった。

パパがなにを言うか、ぼくにはちゃんとわかっている。パパは、いつでもクラスで一番だった。だからパパのパパ、おじいちゃんはおまえのパパのことがとても自慢だった。いつも優等生名簿に名前がのり、たくさんの優等賞を学校からもらった。パパはたくさんの名簿や賞を、見せてやりたいのだが、ママと結婚して引っ越しをするどさくさにぜんぶなくしてしまったと、いつも言うんだよ。

それから、パパはこうも言うよ。このままでは、おまえはなにひとつ成功しないだろう、おまえは貧乏になるだろう、街の人たちは、ほら、あれがニコラだ、学校でいい成績がとれなかった子どもだと、おまえの背中を指さすだろう、そしておまえは笑いものになるだろうって。そのあとで、パパはこんなことも言うよ。パパはおまえに申し分のない教育を受けさせるために、おまえが人生をりっぱに乗り切っていけるように、一心不乱にはたらいている。それなのにおまえは恩知らずだ。おまえのかわいそうなパパとママをどれほど心配させているか、おまえは考えもしない。きょうはデザート抜きにする。映画につれて行くかどうかは、このつぎの成績表を見てから決めるってね。

パパは、またきっとおなじことを言うだろうな。前の月も、その前の月も、おなじことをきかされて、ぼくは、もううんざりだ。

ぼくはパパに言うつもりだ。ぼくはとても不幸だ。いつまでもこんなことなら、ぼくは家出をして、うんと遠くへ行く。そしたら、みんなぼくのことをとてもなつかしく思うだろう。なん年もなん年もぼくは帰らない。ぼくはお金をたくさんかせぐから、パパはぼくがなにごとにも成功しないと言ったことをはずかしく思うだろうし、街の人たちもぼくを指さして笑ったりしないだろう、そしてぼくは、ぼくのお金でパパとママを映画につれて行く、そうしたら、みんなが言うんだ。「ごらんよ、あれが大金持ちのニコラだ、子供のころ、ひどいあつかいを受けたパパとママを、お金を出して映画につれて行くところなんだ」。それにぼくは、担任の先生も、

校長先生も、映画につれて行ってあげるつもりなんだ。ふと気がつくと、ぼくは家の前にきていた。あれこれ考え、大金持ちになるゆかいな話を空想していたので、ぼくは成績表のことをすっかりわすれて、いそぎ足で歩いてしまったんだよ。

ぼくは、のどの奥に大きなかたまりがつっかえていた。そこで、ぼくは考えた。ぼくはいますぐ家出を決行し、そしてなん年もなん年もたたなければ家にはもどらない、たぶんそうしたほうがいいだろうと。でも、あたりは暗くなりはじめていて、ママはぼくがおそい時間に外に出ているのをいやがるんだ。だから、ぼくは家に入った。

客間では、パパがママと話し合っている最中だった。テーブルの上のたくさんの紙切れを前にして、パパはふきげんな顔をしていた。

「我が家でこんなにお金がかかるなんて、信じられないね」と、パパが話していた。「わたしが超億万長者だとでも思っているのかい！　この請求書の山を見なさい！　この精肉店の請求書！　この食料品店の請求書！　ああ、そうだとも、お金をかせがなきゃならないのは、このわたしなんだよ！」

ママは、もっとふきげんな顔をして、あなたは生活費のことがなにもわかっていない。いつでもいいからわたしといっしょに買い物に行くべきだ。わたしは実家に帰らせてもらいます。子どもの前で、お金のことで言いあらそうのはよしましょう、とパパに言った。

そのとき、ぼくは、パパに成績表をわたした。

パパは成績表を開き、サインをし、ぼくに返しながら、

「これに、子どもは関係ないね。わたしがききたいのは、羊のもも肉に、なぜこんなにお金がかかるのか、その説明だけなんだよ！」と、ママに言った。

「二階のお部屋に行って遊んでいなさい、ニコラ」と、ママが言った。「それがいい、二階に行きなさい」と、パパも言った。ぼくは、二階のぼくの部屋に行き、ベッドの上にうつぶせになって、泣きはじめた。だって、そうでしょ。もし、パパとママがぼくを愛しているなら、もうちょっと、ぼくのことを気にかけてくれるはずだもの！

Louisette

ルイゼットは、お客様……

おともだちが、女の子をつれて、お茶にくるのよと、ママが言った。ぼくは、ちょっとうんざりした。ぼくは女の子がにがてだ。女の子って、つまらないよね。女の子は、お人形で遊ぶか、お店屋さんごっこをするしかないし、いつもすぐ泣き出すからね。

もちろん、ぼくもときどきは泣くけど、それはなにか重大な事件のときなんだ。たとえば、客間の花びんをわって、パパにしかられたようなときだ。でもそのときは、パパもひどかったんだよ。だって、ぼくはわざと花びんをわったわけじゃなく、その花びんはとてもへんなかたちをしていたし、家の中で、サッカーボールで遊ぶのを、パパはいやがるのを知っていたけど、外は雨がふっていたんだからね。

「ルイゼットには、うんとやさしくしてあげてね」と、ママが言った。「とてもかわいいお嬢ちゃんだから、あなたもとてもお行儀がいいところを見せてちょうだい」

お行儀のいい子に見せたいとき、ママは白いシャツと青い上着を着せるけど、ぼくはあやつり人形みたいなへんな感じになる。ぼくは、ともだちとカウボーイ映画を見に行くほうがいいと言うと、ママは、ぼくをこわい目でにらんだ。ママは本気なんだよ。

「ルイゼットに乱暴なことはしないでね、おねがいね」と、ママが言った。「さもないと、ひどい目にあいますからね、わかったわね？」

四時に、ママのおともだちが小さな女の子をつれてやってきた。ママのおともだちは、ぼくにキスをし、りっぱなお兄ちゃんねと、よくみんなが言うようなことを言った。

それから「これがルイゼットよ」と、ぼくに言った。

ルイゼットとぼくは、顔を見合わせた。ルイゼットは、黄色い髪を三つあみにし、目はブルー、そして鼻が少し赤らんでいて、赤いドレスを着ていた。ぼくらは、指先でさっとみじかい握手をした。

ママがお茶を出した。これが最高なんだよ。なぜって、お茶のお客さまがあるときは、チョコレートケーキが出て、しかも二つ食べてもいいからなんだ。おやつのあいだ、ルイゼットとぼくはなにも話さなかった。ケーキを食べながら、ぼくらは目を合わせることもなかった。

おやつが終わると、ママが言った。

「じゃあ、子どもたちは遊んでいらっしゃいな。ニコラ、ルイゼットをあなたの部屋に案内して、すてきなおもちゃを見せてあげて」

にこにこしながら話していたけど、ぼくを見るママの目はこわいままだったので、こういうときは、さからわないほうがいいんだよ。ぼくらは、二階のぼくの部屋に行った。だけど、ぼくはルイゼットになにを話したらいいのかわからなかった。

先に口をひらいたのはルイゼットで、「あんた、おサルさんみたいね」と言った。

これには、ぼくもムッとして、言い返してやった。「そういうきみは、ただの女の子じゃないか！」

するとルイゼットは、ぼくの顔をパチンとたたいた。ぼくは泣きそうになったけど、がまんした。だって、ママが、お行儀よくしなさいと言っていたから。ぼくが、ルイゼットの三つあみの髪の毛を引っぱると、ルイゼットは、ぼくのくるぶしをけり上げた。

ルイゼットのキックは強烈で、ぼくが思わず「うーん、うーん」と悲鳴を上げそうになるくらい痛かった。ぼくが、お返しに、ルイゼットに平手打ちをくらわせようとしたら、ルイゼットは、きゅうにべつの話をはじめた。

「ねえ、あんたのおもちゃ、見せてくれないの？」

ぼくのは、男の子のおもちゃだ、と言おうとしたとき、ルイゼットはパイル織りの熊のぬいぐるみを見つけた。ぼくが前に、パパのカミソリで、半分毛をそり落としたぬいぐるみだ。あのとき、熊の毛を半分しかそれなかったのは、パパのカミソリが切れなくなってしまったからだった。

「あんた、お人形さんで遊ぶの？」と、ルイゼットは、ケラケラ笑いはじめた。ぼくがルイゼットの三つあみをつかもうとし、ルイゼットがぼくの顔に手をふりおろそうとしたとき、ドアがあいて、ママたちが入ってきた。

「あら、あなたたち、楽しく遊んでいる？」と、ママが聞いた。

「ええ！　もちろんです、おばさま！」と、両目を大きく見ひらいたルイゼットが、ものすごいスピードで、まぶたをパチパチさせながら答えた。

「ほんとにかわいいわね！　ほんとにかわいいお嬢さんだこと！」と、ママは言いながら、ルイゼットにキスをしたけど、ルイゼットは、まだ、まぶたをもうれつにパチパチさせていた。

「あなたのすてきな絵本をルイゼットに見せてあげてね」と、ママ。

「ふたりは、お似合いのおちびちゃんね」と、ルイゼットのママ。

そして、ふたりのママは、ぼくの部屋から出て行った。

ぼくはクローゼットから本をとり出し、ルイゼットにわたした。だけど、ルイゼットは本には目もくれないで、床にほうり投げた。その中にはネイティブ・アメリカンがいっぱい出ている、すごい絵本も入っていたのに。

「あんたの絵本なんか、つまらない」と、ルイゼットが言った。「あんた、ほかになにかおもしろいものをもってないの？」

そしてルイゼットは、クローゼットに目をやり、飛行機を見つけて手にとった。それはゴムを巻いてとばす、赤い色のすごい飛行機なんだ。

「ゴム飛行機を返せ。それは女の子のおもちゃじゃない、ぼくの飛行機だ！」と言って、ぼくがゴム飛行機をとりもどそうとすると、ルイゼットはすらりと体をかわした。

「あたしは、お客さまなのよ」と、ルイゼットが言った。「あんたのおもちゃぜんぶ、あたしには遊ぶ権利があるの。なにか文句があるなら、あたしのママを呼ぶわ。どっちが正しいか決めてもらいましょうよ！」

ぼくは、どうしたらいいか、わからなかった。飛行機をこわされたくなかったし、かといって、ルイゼットがママを呼ぶのもいやだった。だってそうなると、大騒ぎになるからね。

どうしたらいいか、ぼくが考えているあいだに、ルイゼットはプロペラをまわし、ゴムを巻き、飛行機をとばした。ぼくの部屋

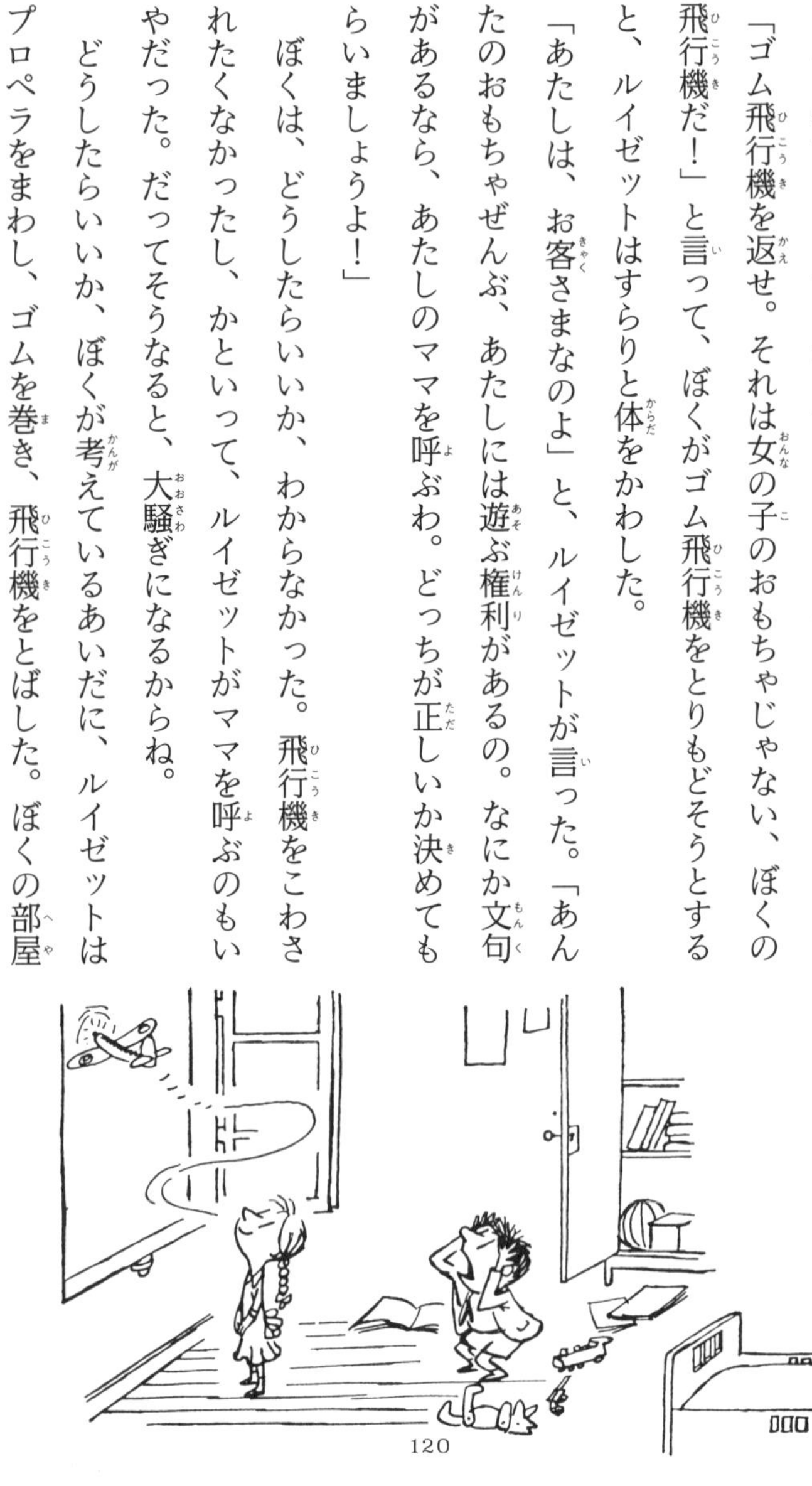

のあいていた窓から、飛行機は外へとんで行った。

「なんてことをするんだ！　ぼくの飛行機がどっかに行っちゃうぞ！」と、ぼくはさけんで、泣き出した。

「ばかね、どこにも行きはしないわ」と、ルイゼットが言った。「ほら、あんたの飛行機は、庭に落ちてるわ。とりに行けば、いいだけのことでしょ」

ぼくらは客間に下り、ママに庭に出て遊んでいいかきいたら、ママは寒いからだめよと言ったけど、ルイゼットが、まぶたをパチパチさせて、あたしきれいなお花が見たいのと言った。すると、ぼくのママは、ほんとにかわいいお嬢さんだわね、外に出るなら、寒くないようにちゃんと服を着るのよと言った。ぼくは、どうしても、あのまぶたのパチパチをものにしなければいけない。あのわざは、ものすごくききめがありそうだ！

庭でぼくはゴム飛行機をひろい上げた。よかった、こわれていなかった。すると、ルイゼットがぼくに「なにして遊ぶ？」と、きいた。

「知らないや」と、ぼくは答えた。「きみは花が見たいのだろ。ほら、あそこにあるから、

見ておいでよ」

　だけど、ルイゼットは、あんたの花なんかどうでもいい、あんたの花はみすぼらしいと、ぼくに向かって言った。ルイゼットの鼻の頭をぶんなぐってやりたかったけど、ぼくはがまんした。だって、客間の窓は庭に向いていて、あの中にはママたちがいるんだもの。「庭におもちゃはないよ。ガレージに、サッカーボールがあるけど」と、ぼくが言うと、ルイゼットは、それがいいわ、と言った。

　ぼくらは、サッカーボールをとりに行ったけど、ぼくはとてもひやひやしていた。女の子と遊んでいるところを、クラスメートに見られやしないかと心配だったんだ。

「あんたは木と木のあいだに立って」と、ルイゼットがぼくに言った。「わたしがけるボールを止めてね」

　これには、ぼくも笑ってしまった。するとそのとき、ルイゼットは、ダッシュして、バン！と、ものすごいシュートをけった。ぼくはボールをキャッチできず、ボールはガレージの窓ガラスをこなごなにした。

ママたちが、走って、家からとび出してきた。ぼくのママはガレージの窓ガラスがわれているのを見て、すぐにわかったんだよ。

「ニコラ！」と、ママがぼくに言った。「乱暴な遊びをしちゃだめよ。あなたは、お客さまのお相手をしなくちゃ。とくにルイゼットのように、おしとやかなお客さまのときには！」

ぼくが、ルイゼットを目で探すと、庭のずっと奥で、ルイゼットはベゴニアの花のにおいをかいでいるところだった。

その晩、ぼくはデザート抜きだったけど、それはたいしたことじゃなかった。とにかくあの子はすごいよ、あのルイゼットは！

大人になったら、ぼくはルイゼットと結婚するつもりだ。

なんてったって、ルイゼットのあのシュートは、ものすごかったからね！

On a répété pour le ministre

大臣閣下の歓迎式はつつがなく……

ぼくらが、校庭に集合していると、校長先生が、お話をしにきた。

「親愛なるみなさん」と、校長先生が口をひらいた。「このたび大臣閣下が、わたしたちの市に立ちよる機会に、光栄にも本校を訪問されることを、みなさんにお知らせするのは、わたしの無上の喜びとするところです。

みなさんも、おそらくご承知のとおり、大臣閣下は本校の卒業生なのです。大臣閣下はみなさんのお手本です。すなわち、一生けんめいに勉学にはげめば、最高の運命をわがものとすることができる生きたお手本なのです。大臣閣下が本校において、生涯忘れ得ない歓迎を受けられるよう、わたしは切望します。そのために、みなさんの協力をおねがいするしだいです」

ここで、校長先生は、クロテールとジョアキムを罰として校庭のすみに立たせた。ふたりはお話を聞かないで、けんかをしていたんだ。

お話のあとで、校長先生は、先生たちと生徒指導の先生をぜんいんあつめ、大臣閣下をお迎えするにさいしての名案がうかんだ、と言った。

まず最初に、フランス国歌《ラ・マルセイエーズ》をぜんいんで合唱する。それから三人の下級生が花束をもって前にすすみ、大臣閣下に花束をささげる。なるほど、校長先生のアイデアはすばらしい。花束を受けるのは、大臣閣下にとってすごいサプライズになるだろう。大臣閣下も、そこまでは予想していないだろうからね。

ぼくらの先生は、心配そうな顔つきになった。なぜだろうと考えてみたけど、ぼくにはわからない。どうもこのごろ、先生は、神経質になっているようなんだ。

校長先生が、すぐにリハーサルをはじめましょう、と言ったので、ぼくらは大喜び。だって授業を受けなくてすむからね。

音楽の先生のマドモワゼル・ヴァンデルブレルグが、ぼくらに《ラ・マルセイエーズ》を歌わせた。それが、なかなかうまくいかなくて、なんだか調子はずれになった。それもそのはず、ぼくらのほうが上級生より早く歌ってしまうからなんだ。

上級生たちが、第二行の「栄光の日は来たれり」を歌うときに、ぼくらはもう第四行の「血染めの旗は掲げられ」を歌っていた。ただし、リュフュスとアルセストは違ったんだ。歌詞を知らないリュフュスは「ラララ」と大声を出し、クロワッサンを食べているアルセストは歌っていなかった。

マドモワゼル・ヴァンデルブレルグは、両腕を大きくふって歌を止め、おくれた上級生たちに注意するのではなく、早すぎると言って、ぼくたちに注意したけど、こんなの不公平だよ。マドモワゼル・ヴァンデルブレルグを怒らせたのは、たぶん、リュフュスだ。リユフュスは、目をとじて歌っていたので、停止の合図が見えなくて、「ラララ」と大声を出しつづけていたからね。

ぼくらの先生が、校長先生とマドモワゼル・ヴァンデルブレルグに話をすると、校長先生はぼくたちに、国歌を歌うのは上級生だけで、下級生は口パクをしなさいと言った。ためしてみると、こんどはとてもうまく行ったけど、歌声は小さくなっていた。

校長先生がアルセストに、口パクをするのに、そんなしかめ面をする必要はないと注意すると、アルセストは、口パクはしていません、パンをもぐもぐしているのです、と答えた。すると、校長先生は、ひとつ大きなため息をついた。

「さて、それでは」と、校長先生が言った。「《ラ・マルセイエーズ》のあとで、三人の下級生が前に進み出る」。校長先生はぼくらのほうを見て、ウード、アニャン(クラスで一番勉強ができる先生のお気に入りなんだよ)、そしてぼくをえらんだ。

「女子児童でないのが残念ですね」と、校長先生が言った。「女子なら、青、白、赤の服を身につけさせることができるのだがね。あるいは、よく見かけるように、髪にリボンを

つけさせる。そのほうが見ばえがするのですよ」

「もし、ぼくの髪にリボンをつけたら、ただじゃすまないぞ」と、ウードが言った。

校長先生は、す早くふり向き、ウードをにらんだ。校長先生の右目はカッと見開いていたけど、左目はたれた眉毛のせいですごく小さくなっていた。

「いま、なんと言ったのかね?」と、校長先生がきくと、すかさずぼくらの先生が、「なんでもありませんわ、校長先生。この子はちょっとせきをしたのです」と言った。

「ちがいます、先生」と、アニャンが口を出した。「ぼくにはきこえました。ウードは……」

だけど、先生は、アニャンにそれ以上口出しさせなかった。先生はアニャンに、あなたにはなにもきいていません、と注意した。

「そうだ、そうだ、告げ口小僧め、きみなんかお呼びじゃない」と、ウードが言った。するとアニャンは泣きながら、みんなぼくがきらいなんだ、ぼくはとても不幸だ、ぼくはとても気持ちが悪くなってきた、ぜんぶパパに言いつけてやる、そしたらどうなるか思い知らせてやる、と言った。

そこで、先生がウードに、かってに口をきいてはいけません、と念をおすと、校長先生は、汗をぬぐうかのように顔に手をあて、それから先生に、そちらの話は終わったのか、こちらの話をつづけてよろしいか、ときいたので、ぼくらの先生は顔がまっ赤になり、でもそれがとても先生に似合っていて、ぼくのママのようにきれいだった。だけど、ぼくの家では、赤くなるのはどちらかといえば、パパなんだよ。

「よろしい」と、校長先生が話をつづけた。「この三人の生徒が大臣閣下の前に進み出て、花束をおくる。リハーサルのために、なにかこう、花束のかわりになるようなものがあればいいのだが」

すると、ブイヨン(生徒指導の先生なんだ)が、「おまかせください、校長先生、ちょっとお待ちください」と言って、走り出し、羽根ぼうきを三つもってもどってきた。校長先生は、ちょっとおどろいた顔をしたけど、よろしい、なんにしても、リハーサルだから、ちょうどよいでしょうな、と言った。

「よろしい、それでは、きみたち」と、校長先生が言った。「わたしが大臣閣下になるので、きみたちは前に進んで、わたしに羽根ぼうきをわたしなさい」

ぼくらは、校長先生の言うとおりにして、羽根ぼうきを校長先生にわたした。校長先生は羽根ぼうきを両腕にかかえ、そしてとつぜん、怒り出した。

校長先生は、ジョフロワをにらんで、「そこの、きみ！　きみは、いま笑ったね。なにがそんなにおかしいのか、言ってみなさい」

「それは、ニコラとウードと、先生のお気に入りのうすぎたないアニャンの髪に、リボンをつけるという校長先生のお考えが、おかしかったからです！」と、ジョフロワが答えた。

「鼻の頭にパンチをくらいたいんだな？」と、ウードがきいた。

「やっちまえ」と、ぼくが言ったので、ジョフロワは、ぼくの顔をパチンとたたいた。ぼくらはけんかになり、ほかのクラスメートたちも、あちこちでけんかをはじめた。アニャンだけは、地面をころげまわりながら、ぼくは先生のうすぎたないお気に入りじゃない、みんなぼくのことがきらいなんだ、ぼくのパパが大臣閣下に言いつけるだろう、とわめいていた。校長先生は、三本の羽根ぼうきをふりまわしながら、「やめなさい！　こら、いいかげんにしなさい！」とさけんだ。

みんなが、そこらじゅうを走りまわって、大騒ぎになり、マドモワゼル・ヴァンデルブレルグは気分が悪くなるし、ものすごくたいへんだったんだ。

よくじつ、大臣閣下がお見えになったとき、歓迎式はつつがなくとりおこなわれた。だけど、ぼくらは大臣閣下に会えなかった。というのも、ぼくらは学校の裏手の洗濯室におし込まれていたからだ。

たとえ、大臣閣下が希望されても、ぼくらに会うことはできなかっただろうと思う。だって、洗濯室のドアには鍵がかけられていたんだもの。

校長先生も、きみょうなことを思いつくもんだね！

Je fume

葉巻(はまき)のけむりが目(め)にしみて……

ぼくが家の庭でぶらぶらしていると、アルセストがやってきた。なにをしているのときいたので、ぼくは、「なにも」と答えた。

「いっしょにこいよ。見せたいものがあるんだ。おもしろくなるぜ」と、アルセストが言った。

ぼくはすぐにアルセストについて行った。ぼくらはなかよしで、いつもいっしょにおもしろいことをして遊ぶんだ。アルセストって、読者のみんなにはもう紹介したと思うけど、とてもふとっていて、いつでもなにか食べている、ぼくのともだちだ。

でも、このときは、手をポケットに入れたまま、アルセストはなにも食べていなかった。街の通りを歩いているあいだも、ずっと後ろを気にしていた。まるでだれかが、後ろからつけてくるのを心配しているかのように。

「ねえ、アルセスト、なにを見せてくれるの？」とぼくがきくと、

「もうすこし、待ちなよ」と、アルセストが答えた。

街の角をまがったところで、ようやく、アルセストがポケットから、でっかい葉巻タバ

コをとり出した。

「見ろよ」と、アルセストが言った。「こいつは、ほんものだよ。チョコレートじゃないぜ！」

たしかにそれは、チョコレートじゃない。でもそんなことを、ぼくに言う必要はなかったんだ。もしその葉巻がチョコレートだったら、ぼくに見せたりせずに、アルセストは、さっさと食べちゃっただろうからね。

ぼくは、ちょっとがっかりした。だってアルセストは、おもしろいことがあると言ったんだもの。

「ねえ、その葉巻でなにをするの？」と、ぼくがきいた。
「ばかなことをきくなよ！」と、アルセストが答えた。「吸うのに決まってるじゃないか。もちろん、ぼくらが！」
葉巻を吸うのがいいことなのかどうか、ぼくには、はっきりわからなかった。どちらかといえば、パパやママは怒るだろうなと思った。すると、アルセストが、きみのパパやママはきみが葉巻を吸うのをきみに禁止しているのかと、きいた。

よく考えてみると、ぼくはパパとママに、ぼくの部屋のかべに絵をかくこと、お客さまがいる食卓で質問されていないのに話すこと、バスタブに水を張って船で遊ぶこと、夕ご飯の前にケーキを食べること、ドアをバタンと乱暴にしめること、鼻の穴に指をつっ込むこと、下品な言葉をつかうことは禁止されていたけど、葉巻を吸うことは、禁止されていなかったんだ。

「だろ?」と、アルセストが言った。「どっちにしても、騒ぎにならないように、どこかにかくれて、だれにもじゃまされないようにして、葉巻をやろうぜ」

ぼくは、ぼくの家の近くにある空き地に行こうとさそった。あそこなら、パパもぜったいにこない。アルセストも、それはいい考えだと言ったので、板べいのすきまから空き

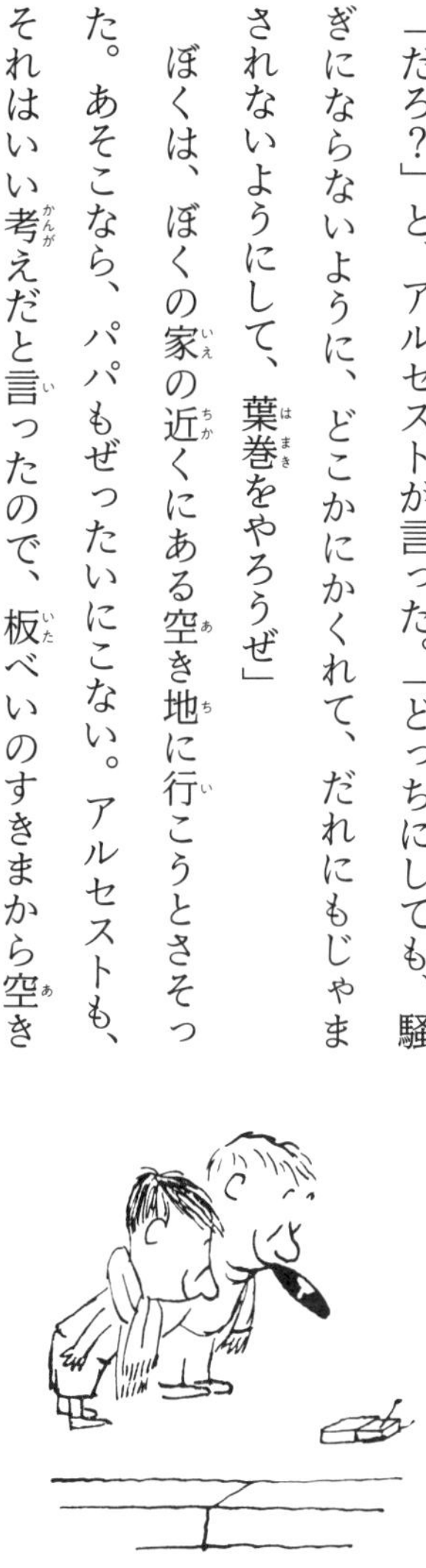

地に入ろうとしたとき、アルセストがおでこをポンと手で打った。

「きみは、火をもってるか？」と、アルセストがきくので、ぼくはもっていないと答えた。

「それじゃあ、どうやってこの葉巻に火をつけるんだ？」と、アルセスト。

ぼくは、通りでどこかのおじさんに火をかしてほしいと、たのめばいいと思いついた。ぼくは前にパパがそうしたのを見たのだけど、それがとてもおもしろかったんだ。

どこかのおじさんがライターで、パパのタバコに火をつけようとするけど、風がつよくて火がつかないので、おじさんは、吸っていたタバコをパパにわたした。パパがおじさんのタバコに、じぶんのタバコをおしあて火をつけたけど、タバコがしわくちゃになってしまったおじさんは、ひどくふきげんな顔になったんだ。

するとアルセストが、きみは少しおかしいんじゃないか、どこのおじさんがぼくらみたいなちっちゃな者に火をかしてくれるものか、と言った。残念だなあ、ぼくらのでっかい葉巻で、どこかのおじさんのタバコを、しわくちゃにしたらおもしろかったのにね。

「じゃ、たばこ屋さんへマッチを買いに行かない？」とぼく。

「お金、もってるのかい？」と、アルセスト。

ぼくは、学年の終わりに学校で、先生へのプレゼントを買うときのように、お金を出し合えばいいと言った。するとアルセストは腹を立て、ぼくが葉巻をもっているのだから、マッチはきみが買うのがあたりまえだと言った。

「きみは、その葉巻、お金をはらって買ったのかい？」と、ぼくがきいた。

「いや」と、アルセストが答えた。「パパの書斎の引き出しの中で見つけたんだ。パパは葉巻を吸わないから、葉巻がなくなってもぜったいに気づかないだろうな」

「きみがその葉巻を買ったのでなければ、ぼくだってマッチを買う理由がないじゃないか」

と、ぼくは言った。

けっきょく、アルセストがいっしょにタバコ屋さんに行って、ぼくがマッチを買うことになった。ほんとうは、ひとりでタバコ屋さんに行くのが、ちょっとこわかったんだよ。

タバコ屋さんに入ると、「なにか、お買い物ですか、ぼっちゃん方？」と、お店のおばさんがきいた。

「マッチをください」と、ぼく。

「ぼくらのパパがつかうんです」と、アルセスト。

だけど、これがまずかったんだよ。おばさんはピンときたんだ。子どもはマッチで遊んではいけない、マッチは売りません、あんたたちはいたずら坊主だねと、おばさんが言った。アルセストとぼくは、いたずら坊主にされちゃったけど、ぼくは最初のぼっちゃんのほうが合ってると思うな。

タバコ屋さんを出たぼくらは、ほんとうにこまってしまった。ぼくらみたいな小さな者が、葉巻を吸うのはむずかしいね！

「ぼくのいとこが、ボーイスカウトをしている」と、アルセストが言った。「いとこは、木と木をこすり合わせて火をおこすやり方を教わったらしいぜ。ぼくらもボーイスカウトだったら、火をつけて、葉巻を吸えたのになあ」

ボーイスカウトで火をつけることを教わるかどうか、ぼくはわからないけど、アルセストの話をうのみにしてはいけないんだよ。ボーイスカウトが葉巻を吸っているのをぼくは一度も見たことがないからね。

「もうきみの葉巻にはうんざりだ。ぼくは家に帰る」と、ぼくはアルセストに言った。

「そうだな」と、アルセストも言った。「おまけに、ぼくはおなかがすいてきたから、ぼくもおやつの時間におくれないように帰るよ。きょうのおやつは、ババ（干しぶどうのスポンジケーキ）なんだ」

そのときだった。ぼくらは、道の上に、マッチ箱が落ちているのを見つけた！　いそいでひろって、中を見るとマッチが一本入っていた。アルセストはとても興奮して、ババのことなどわすれてしまった。アルセストがババをわすれるなんて、よっぽど興奮していたにちがいないよ。

「早く、空き地に行こうぜ！」と、アルセストが大きな声で言った。

ぼくらは走って、一まい板がはずれている板べいのすきまから中に入った。空き地は、最高なんだよ。ぼくらは、よく遊びにくるんだ。ここには、なんでもある。草っ原、泥土、石ころ、古い木箱、空きかん、ねこもいる。それになんと言ったって、自動車だ！それはポンコツ自動車で、タイヤも、エンジンも、ドアもない。でもぼくらは、この中でいっぱい遊ぶんだ。ブルーンブルーンと運転したり、それからピンポンピンポン、終点です、満員につき通過ですと言って、バスごっこもする。とてもおもしろいんだよ！

「車の中で、やろうぜ」と、アルセストが言った。ぼくらが中に乗り込み、シートにすわったとたん、スプリングが大きな音を立てた。それは、ぺぺ（おじいちゃん）のひじ掛けいすのような音だった。メメ（おばあちゃん）はぺぺの思い出のために、いたんだひじ掛けいすをそのままにしてあるんだって。

アルセストは、葉巻の端をかみ切って、ペッと吐いてすてた。ギャング映画でこうするのを見たらしいんだよ。ぼくらは、おそるおそる火をつけたけど、うまくいったんだ。葉巻はアルセストのものだから、最初に吸うのはアルセストだ。大きな音を立てて、アルセストが葉巻を吸うと、煙がいっぱい出た。

この最初の一服が、アルセストをおどろかせた。アルセストは、すごくせき込みながら、葉巻をぼくによこした。ぼくも吸った。正直に言うけど、あんまりおいしいものじゃないね。それに、ぼくもひどくせき込んだ。

「なにも知らないんだな」と、アルセストがぼくに言った。「見てろよ！　けむりは鼻から出すんだぜ！」

葉巻を手にしたアルセストは、一服して、けむりを鼻から出そうとし、いっそうひどくせき込んだ。

つぎはぼくの番だから、ぼくもやってみた。アルセストよりじょうずにできたけど、けむりが目にしみてチクチクした。ぼくらは、葉巻で遊ぶのに夢中になっていた。

かわるがわる葉巻を吸っていたけど、とうとうアルセストが、

「なんだか気分が悪くなってきた、おなかもすいてないのに」と言った。

アルセストの顔が青くなり、それからきゅうに苦しみ出した。ぼくらは、葉巻を投げすてた。ぼくも、頭がくらくらして、なんだか泣きたい気分だった。

「ママのところに帰る」と言うと、アルセストはおなかをおさえながら、出て行った。ぼくが思うに、今夜は、さすがのアルセストも、ババを食べないだろうな。

ぼくも家に帰った。頭はぼーっとして、身体はふらふらだった。パパは客間のひじ掛けいすでパイプをふかし、ママはあみ物をしていたけど、ぼくは病気になってしまった。

とても心配したママが、どうしたのかとぼくにきくので、ぼくはけむりのせいだと答えた。でも、ほんとに具合が悪かったので、アルセストの葉巻のことを、ぼくはママに説明することができなかった。

「ほら、ごらんなさい」と、ママがパパに言った。「わたしがいつも言うように、そのパイプのけむりは有害なのよ！」

そういうわけで、ぼくの家では、ぼくが葉巻を吸ってからは、パパはもうパイプを楽しめなくなってしまったんだよ！

Le Petit Poucet

『おやゆび太郎』の上演は……

校長先生が退職し、学校をおやめになると、先生がぼくらに教えてくれた。そして学校では、校長先生の引退のお祝いに、学期末の賞品授与式のときのように、すばらしいことをいっぱい準備するんだよ。パパやママたちがくるし、大教室にいすをならべ、校長先生と先生方にはひじ掛けいすを用意して、演壇をしつらえ、花綱をかざり、演芸会をするんだ。劇をするのは、いつものように、ぼくたち生徒だ。

どのクラスも、なにかの準備をしている。上級生は組み体操をする。人間ピラミッドを作り、ひとりがいちばん上に立って小さな旗をふり、みんなが拍手かっさいする。去年の賞品授与式で、上級生たちはおなじ演技をして、とても良かった。さいごに旗をふる前に、ピラミッドがくずれるという、ちょっとした失敗があったとしても、すごく良かったんだ。

ぼくらのすぐ上のクラスは、ダンスをする。ぜんいん、木靴をはき、農民の衣装を着る。木靴で演壇を踏み鳴らしながら、まるく輪になっておどり、旗をふるかわりに、ハンカチをふりながら、「ユップラ！」とかけ声をかける。すぐ上のクラスも、去年、おなじ演技をしたけど、組み体操ほど良くなかったね。でも、こちらは、だれもこけたりしなかった。

《フレール・ジャック》を歌うクラスもあるし、卒業生代表が感謝の言葉をのべ、わたしが一人前の人間になれたのも、市役所の書記になれたのも、校長先生の良きアドバイスのおかげであります、とぼくたちに話すんだ。

ぼくらは、なにをやるのか。これがすごいんだよ！

先生はぼくらに、劇をやりましょう！と言った。街の劇場やクロテールの家のテレビで見るような劇だ。なぜクロテールの家のテレビかというと、ぼくの家では、パパがまだテレビを買うつもりがないからだよ。

その劇の名前は『おやゆび太郎と長靴をはいたねこ』で、きょう、クラスで、ぼくらは初めてのけいこをする。だれがどの役をするのか、先生が決めることになっていた。ジョフロワは、気合いを入れて、カウボーイのかっこうで登校した。ジョフロワのパパは大金もちで、ジョフロワはなんでも買ってもらえるけど、先生はジョフロワの仮装がまったく気に入らなかった。

「ちゃんと言っておいたでしょ、ジョフロワ」と、先生が言った。「あなたがなにかに変装して学校にくるのは見たくないと。それに、この劇にはカウボーイの出番はありません」

「カウボーイが出ないの？」と、ジョフロワがきいた。「先生は、それでも劇だと思っているのですか？　カウボーイが出ないなんて、そんなのつまらないよ！」

それで、先生は、罰として教室の後ろのすみに、ジョフロワを立たせた。

劇のストーリーは、とてもややこしくて、先生が一度ぼくらにお話ししてくれたけど、ぼくにはあまりよくわからなかった。

ぼくにわかったのは、兄さんたちを探す《おやゆび太郎》がいて、《長靴をはいたねこ》と出会い、《カラバ侯爵》と《おやゆび太郎》の兄さんたちを食べようとする悪い人食い鬼がいて、《長靴をはいたねこ》が《おやゆび太郎》を助け、そして悪い人食い鬼は打ち負かされ、いい鬼になるということで、ぼくが思うに、さいごには人食い鬼も兄さんたちを食べないし、登場人物ぜんいんが満足して、なにかほかのものを食べることになるんだ。

「それでは、みなさん」と、先生がきいた。「おやゆび太郎の役は、だれにしましょうか？」

「先生、ぼくがやります」と、アニャンが言った。「それは主役だから、クラスで一番のぼくの役です！」

それは本当のことで、アニャンは成績がクラスで一番だし、先生のお気に入りだけど、しょっちゅう泣くし、メガネをかけていて、そのせいで顔をひっぱたくことができない、いけすかないクラスメートなんだ。

「きみにおやゆび太郎がやれるぐらいなら、ぼくだってレースをあんでやるよ！」と、ぼくらのともだちのウードが言った。すると、アニャンが泣き出し、先生はウードに罰をあたえて、教室の後ろのすみの、ジョフロワの横に立たせた。

「それでは、人食い鬼を決めましょう」と、先生が言った。「おやゆび太郎を食べようとする役です！」

ぼくが、それならアルセストがいいと言った。だって、アルセストはとてもふとっちょで、いつでもなにか食べているのだから。

だけど、アルセストは承知しなかった。アルセストはアニャンをじろりとにらんで、「こんなおやゆび太郎は食べたくないや！」と言った。アルセストが食欲をなくしている顔を見るのは、ぼくはこれがはじめてだった。まったく、アニャンを食べると考えるだけで、ほんとに食欲をなくしてしまうよね。

だれも食べたがらないので、アニャンはすねてしまった。

「いま言ったことを取り消さないと、ぼくはパパとママに言いつけてやる。そうすれば、きみは退学させられるぞ！」と、アニャンが大声で言った。

「しずかに！」と、先生も大きな声で言った。「アルセスト、あなたは大ぜいの村人たちの役にします。それから、プロンプター（せりふ係）もやりなさい。劇のとちゅうでせりふをわすれたクラスメートを助ける役です」

黒板の前でこまっているクラスメートに、答えを教えて助けるプロンプターをやるというのが、アルセストのお気にめしたので、ポケットからビスケットをとり出し、口にほう

り込みながら、「よっしゃ！」と言った。

「そんな口のきき方がありますか」と、先生はやはり大きな声でしかった。「きちんとした言葉を使いなさい！」

「はい、先生」と、アルセストが言いなおすと、先生は、ひとつ大きなため息をついた。

近頃の先生は、とくにお疲れのようすなんだよ。

長靴をはいたねこの役は、先生がはじめからメクサンに決めていた。先生はメクサンに、この役はきれいな衣装を着て、剣をもち、口ひげもつけ、しっぽもつけるのよ、と話した。

メクサンは、きれいな衣装と口ひげと、なにより剣はいいのだけど、断固としてしっぽを拒否した。

「しっぽなんかつけたら、さるのようになってしまうよ」と、メクサンが言った。

「なに、言ってるんだい」と、ジョアキムが横から口をはさんだ。「きみは、もともとさるそのものじゃないか！」

メクサンがジョアキムにキックをおみまいすると、ジョアキムはメクサンにビンタをあびせ、先生はふたりとも罰として教室の後ろのすみに立たせた。

先生がぼくに、長靴をはいたねこの役はあなたがやりなさい、たとえ気に入らなくても、やってもらいますからね、わたしはもうこの野蛮人たちにはうんざりしはじめている。この子たちを育てなければならないなんて、ぼくらのパパやママにものすごく同情する。そしてもしいつまでもこんな調子なら、ぼくらはみんな刑務所に入ることになるだろう。わたしは刑務所のお役人までお気の毒に思う、と言った。

リュフュスが人食い鬼に、クロテールがカラバ侯爵に決まったあとで、先生は、タイプされた紙をくばった。そこには、ぼくらが劇で話す言葉が書いてあった。

先生は、出演者が大ぜい後ろに立たされているのに気がつき、もどってアルセストを手伝って、村人たちの役をやるように言った。ひとりで村人たちの役をやりたかったアルセストは、それが気に入らなくて、ひとりでやりたいと言ったけど、先生はアルセストにだまるように言った。

「いいですか、それではじめましょう」と、先生が言った。「自分の役のせりふをよく読んでください。アニャン、まず、あなたの出番ですよ、あなたがここにやってきました。あなたは途方にくれています。ここは森の中で、お兄さんたちを探しているところです。そしていまニコラ、つまり長靴をはいたねこと出会ったわけ。ほかのみなさんは、村人ですよ。村人は口をそろえて、『おや、あれは、おやゆび太郎と長靴をはいたねこだ！』と言います。では、はじめましょう」

ぼくらは黒板の前で位置についた。ぼくは、剣のかわりに長い定規をベルトにさしていた。そこで、アニャンが自分のせりふを読みはじめた。

「お兄さんたち、ぼくのかわいそうなお兄さんたちは、どこにいるの！」

するとアルセストが、でっかい声でくり返した。「お兄さんたち、ぼくのかわいそうなお兄さんたちは、どこにいるの！」

「まあ、アルセスト、それはなんのまね？」と、先生。

「だって、ぼくはプロンプターなんだから、せりふを教えてやってるんです！」と、アルセスト。

「先生」と、アニャンが言った。「アルセストがどなったので、ビスケットのつぶつぶがぼくの顔にとんできて、メガネにこびりつき、ぼくはもうなにも見えません！　パパとママに言いつけてやるからな！」

　そして、アニャンがメガネをきれいにしようとはずしたところをアルセストは見のがさなかった。アルセストは、アニャンの顔をパチンとたたいたんだ。

「鼻の頭だ！」と、ウードがさけんだ。「鼻の頭をねらえ！」

アニャンは泣きわめきはじめた。ぼくは不幸だ、ぼくを殺すつもりなんだといって、床の上をころがりまわった。

　メクサンとジョアキムとジョフロワが、村人たちのせりふを言った。「おや、あれはおやゆび太郎と長靴をはいたねこだ！」

　ぼくはリュフュスとやり合っていた。ぼくは長い定規の剣をもち、リュフュスは筆箱の剣をもっていた。リハーサルは、とても順調に進んでいたのに、とつぜん、先生が大声で言った。

「もうたくさん！　みんな、席にもどりなさい！　祝典の劇は中止にします。校長先生には、この劇をお見せしたくありません！」

ぼくらは、みんな、ぽかんと口をあけて、その場につっ立ったままだった。先生が、校長先生に罰をあたえるなんて、ぼくら、はじめてきいたんだもの！

Le vélo

自転車は、だれのもの……

パパは、ぼくに自転車を買ってくれない。子どもは、とても不注意で、すぐ曲乗りをしたがるし、それで自転車をこわして、けがをするからだめだと、いつも言うんだ。だから、ぼくはとても用心深いよと言ったり、それからうそ泣きをしたり、ふくれっ面でぼくは家出をするつもりだと言ったりして、やっとパパは、もしぼくが算数のテストで十番以内に入ったら、買ってあげようと約束したんだよ。

きのう、ぼくが、うきうきしながら学校から帰ってきたのは、そういうわけで、なんとぼくが算数のテストで十番になったからだ。パパはぼくが十番になったことを知って、目をまんまるにしながら言った。

「そうかい、そりゃすごいね。やったな、ニコラ」

ママは、ぼくにキスをし、算数のテストが良くできてとても良かったわねと言った。

どちらかというと、ぼくは運が良かったんだ。ぼくが十番になったのは、ほかのクラスメートたちはインフルエンザでお休みしていて、テストを受けたのが十一人だけで、いつもビリのクロテールが十一番だったというわけなんだ。でも、クロテールは十番になれなくてもへいきなんだよ。クロテールはもう自転車をもっているからね。

きょう、学校から家に帰ると、ニコニコしたパパとママが、庭でぼくを待っているのが見えた。

「お兄ちゃんに、サプライズのプレゼントがあるのよ！」と、とてもうれしそうにママが言い、パパはガレージに行って、なにかもってもどってきたけど、読者のみんなはなんだと思う？　それがね、自転車だったんだ！　ライトもベルもついている、赤と銀色にかがやくピカピカの自転車だったんだよ。

すごい！　ぼくは、庭の中を走りはじめ、それからママにキスをし、パパにもキスをし、さいごに自転車にもキスをした。

「注意して乗るんだよ、曲乗りをしてはいけないよ！」と、パパが言ったので、ぼくは約束した。すると、ママがぼくにキスをして、あなたはりっぱなお兄ちゃんね、デザートにはチョコレートクリームを作ってあげましょうと言って、家の中に入った。ぼくのパパとママは、世界中で一番すてきなパパとママだ！

パパは、ぼくと庭に残った。

「あのね」と、パパがぼくに言った。「パパはサイクリストのすごいチャンピオンだったんだよ。おまえのママと出会わなかったら、パパはプロの選手になっていただろう！」

そんなこと、知らなかったな。ぼくが知っているのは、パパがラグビーと水泳とボクシングのすごいチャンピオンだったことだけで、自転車でもチャンピオンというのは、はじめてきいた。

「こういうふうに乗るんだよ」と言うと、パパはぼくの自転車にまたがり、庭の中をぐるぐるまわりはじめた。もちろん、子ども用の自転車はパパには小さすぎるので、ひざが顔に当たりそうで、くるしそうだったけど、なんとか乗りこなしていた。

「これはこれは、しばらく顔を見ないでいたら、きょうは世の中でもっともグロテスクな見世物のひとつを拝見できるわけだ！」

話しかけてきたのは、ブレデュールさんで、庭の生け垣ごしにぼくらを見てたんだよ。

ブレデュールさんは、ぼくらのおとなりさんで、パパをからかうのが大好きなんだ。

「うるさい、だまれ」と、パパがやり返した。「あんたこそ自転車のことなどなにも知らないくせに！」

「なんだって！」と、ブレデュールさんが大声で言った。「おぼえておきな。わたしが全県対抗自転車競技のアマチュア・チャンピオンだったのを知らないとは、あわれなやつだ。かみさんと出会ってなければ、プロになっていただろうな！」

パパは、ゲラゲラ笑いはじめた。

「あんたが、チャンピオン？　笑わせなさんな。あんたなんかせいぜい三輪車がいいところだろうに！」と、パパが言った。

これには、ブレデュールさんもカチンときたんだ。

「見せてやろう」と言って、ブレデュールさんは生け垣をとびこえてきた。

「その自転車をかしてみな」と言って、ブレデュールさんがハンドルに手をかけたけど、パパは自転車をはなさなかった。

「だれがきていいと言った、ブレデュール。とっとと、あんたのぼろ家に帰れ!」と、パパ。

「あんたのかわいそうな子供の前で、恥をかかされるのが怖いんじゃないのか?」と、ブレデュールさんがパパにきいた。

「うるさい、だまれ。いいかげんにしろ。めいわくなんだよ。はためいわくだ!」と、言いながら、ブレデュールさんの手からハンドルを引きはなし、パパはまた庭の中を走りはじめた。

「馬鹿まる出しだな!」と、ブレデュールさん。

「うらやましくてしかたがないのだろうが、知ったことか」と、パパ。

ぼくはパパの後ろをついて走り、ぼくも自転車で庭を一周させてほしいとたのんだ。でもパパは、ぼくの言うことをきいていなかった。というのも、自転車でベゴニアの花壇につっ込んだパパを見て、ブレデュールさんがゲラゲラ笑い出したからだ。

「なにをばかみたいに笑っているんだ?」と、パパ。

「ねえ、ぼくにも乗せてくれないの?」と、ぼく。

「おもしろいから、笑っているんだよ!」と、ブレデュールさん。

「ねえねえ、それって、ぼくの自転車なんでしょ」と、ぼく。

「おお、くたばりぞこないのブレデュール、あんたは底抜けのあほだな」と、パパ。

「へえ、そうですかな?」と、ブレデュールさん。

「ああ、まちがいない」と、パパ。

するとつかつかとパパに近よったブレデュールさんが、手でどんとパパを突いたので、パパは自転車といっしょに、ベゴニアの花壇にたおれ込んだ。

「あっ、ぼくの自転車が!」と、ぼくは悲鳴を上げた。

パパはおき上がり、ブレデュールさんをどんと突いた。

こんどは、ブレデュールさんがしりもちをついて、

「この野郎、一丁やろうってのかい?」と言った。

パパとブレデュールさんは、しばらくもみ合ったあとで、

「わしにいい考えがある。わしとあんたで、町内のブロックをひとまわりするタイムレースをやろうじゃないか。そうすれば、わしらのうち、どちらが最強のサイクリストかはっきりするじゃないか！」と、ブレデュールさんが言った。

「問題外だね」と、パパが答えた。「あんたをニコラの自転車に乗せるわけにはいかん！だいいち、あんたのようなデブが乗ったら、自転車がこわれてしまう」

「おくびょう者！」と、ブレデュールさんが言った。

「おくびょう者だって？ このわたしが？」と、パパはさけんだ。「よし、それなら、目にもの見せてやろう！」

パパは自転車をかかえて、通りに出た。ブレデュールさんとぼくもあとにつづいた。でも、ぼくは、うんざりしはじめていた。だって、ぼくはまだ一度も自転車にまたがってさえいないんだよ！

「よし」と、パパが言った。「街のブロックを一周して、タイムをはかろう。勝ったほう

が、チャンピオンだ。と言っても、これは、ただの形式上のことにすぎないがね。なにしろ、やる前から勝負はこっちの勝ちと決まっているんだからな！」

「あんたが負けを認めるのが、たのしみだね」と、ブレデュールさん。

「それで、ぼくはなにをするの？」と、ぼくがきいた。

パパはとてもおどろいた顔でぼくのほうをふり向いた。まるで、ぼくがここにいることにいまはじめて気づいたかのようだった。

「おまえかい？」と、パパが言った。「おまえは……そうだ。タイムキーパーをやってくれ。ブレデュールさんから、腕時計をかりるといい」

ところが、ブレデュールさんは、腕時計をかしてくれなかった。子どもは時計をこわしてしまうからだめなんだって。するとパパは、なんてけちな男なんだと言いながら、ぼくにパパの腕時計をわたした。それはとても速く動く長い針がついたすごい腕時計なんだけど、ぼくは自転車のほうがよかったなあ。

パパとブレデュールさんは、くじで順番を決め、ブレデュールさんが一番になった。か

なりふとっているブレデュールさんがまたがると、自転車はほとんど見えなくなり、そんなブレデュールさんを見て、通りがかった街の人たちが笑っていた。ブレデュールさんは、あまりスピードが出なかったけど、街の角をまがって、見えなくなった。

反対側の街の角からあらわれたとき、ブレデュールさんの顔はまっ赤になり、舌を出し、ゼーゼー言いながら、ジグザグに進んできた。

「タイムは？」と、ぼくの前にきたブレデュールさんがきいた。

「九分と長い針が五と六のあいだだよ」と、ぼくは答えた。

パパは笑いはじめた。

「やれやれ」と、パパが言った。「ツール・ド・フランスにあんたが出たら、完走するのに六か月はかかるな！」

「くだらない冗談を言ってるひまがあったら」と、息もたえだえのブレデュールさんが言い返した。「わしより速く走ってみな！」

パパは自転車に乗って、走り出した。

息がもどったブレデュールさんとぼくは、時計を見ながら、パパの到着を待った。もちろん、ぼくはパパに勝ってほしかったけど、時計はどんどん進み、九分がすぎ、あっというまに十分がすぎた。

「わしの勝ちだ！　わしが、チャンピオンだ！」と、ブレデュールさんがさけんだ。十五分がすぎても、やっぱりパパの姿は見えてこなかった。

「おかしいな」と、ブレデュールさんが言い出した。

「どうなっているのか、見に行ったほうがよさそうだ」

すると、ようやくパパがやってくるのが見えた。ズボンはやぶれ、ハンカチで鼻をおさえ、自転車を手にぶらさげて、パパが歩いてくる。ぼくの自転車のハンドルはななめにまがり、車輪は大きくねじれ、ライトはこわれていた。「ゴミ箱に突っ込んでしまった」と、パパが言った。あくる日、学校の休み時間に、ぼくがクロテールにこの話をすると、クロテールも一台目のときには、おなじような目にあったと、教えてくれた。

「まったく、どうにもならないね」と、クロテールがぼくに言ったんだ。「パパたちはどこも似たようなもんだな。ふざけすぎるんだよ。だから、ぼくらが気をつけてやらないと、自転車はこわされるし、パパたちはあちこちけがをするんだ」

Je suis malade

病気(びょうき)はうつるんだ……

きのう、ぼくはとても元気だった。その証拠に、キャラメルやキャンディーやケーキやフライドポテトやアイスクリームを、いっぱい食べた。それなのに、なぜだかわからないけど、夜になると、ぼくは、こんなふうに、ひどい病気になってしまった。

けさ、ドクターがきた。ドクターがぼくの部屋に入ってくると、ぼくは泣いた。なにか理由があったわけではなく、かってに涙が出たんだよ。だって、ぼくはドクターがとてもやさしいことをよく知っているんだから。

ドクターがぼくの胸の上に、耳をあてたとき、とてもゆかいだった。ドクターは髪の毛がないので、ちょうどぼくの鼻の下にツンツルテンのドクターの頭が見えた。それがピカピカ光って、とてもおもしろかったんだ。診察はすぐに終わり、ドクターは、ぼくのほっぺを指でちょんとおしてから、ママに、

「絶食させてください。それからベッドで、安静にするように」と言って、帰った。

「ドクターのお話、わかったわね。うんといい子にして、ママの言うことをよくきいてね」

と、ママが言った。

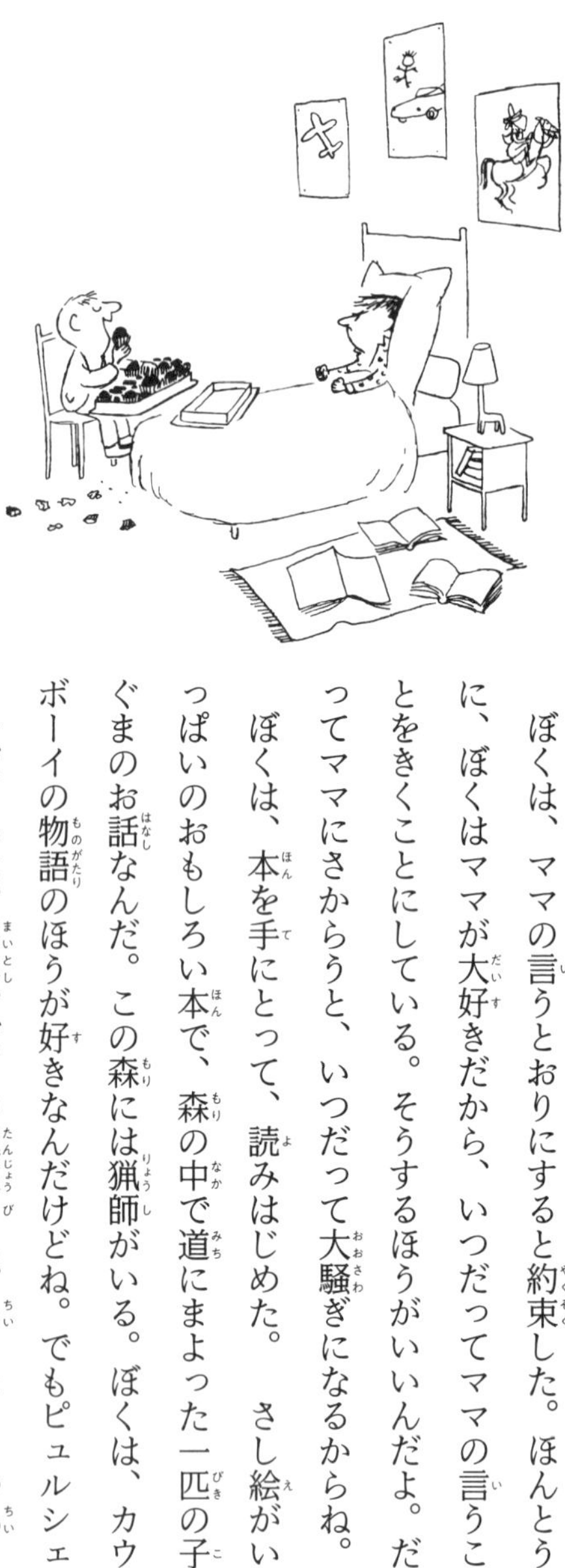

ぼくは、ママの言うとおりにすると約束した。ほんとうに、ぼくはママが大好きだから、いつだってママの言うことをきくことにしている。そうするほうがいいんだよ。だってママにさからうと、いつだって大騒ぎになるからね。

ぼくは、本を手にとって、読みはじめた。さし絵がいっぱいのおもしろい本で、森の中で道にまよった一匹の子ぐまのお話なんだ。この森には猟師がいる。ぼくは、カウボーイの物語のほうが好きなんだけどね。でもピュルシェリおばさんは、毎年、ぼくの誕生日に、小さなくまや小さなうさぎや小さなねこがいっぱい出てくる本をプレゼントしてくれる。ピュルシェリおばさんは、小さな動物が大好きなんだね。

おそろしいおおかみが子ぐまを食べようとするところを、読んでいると、ママがクラスメートのアルセストをつれて部屋に入ってきた。アルセストは、とてもふとっちょで、いつでもなにか食べているんだ。

「ほら、ニコラ。おともだちのアルセストが、おみまいにきてくれたのよ。よかったわね」と、ママが言った。

「やあ、アルセスト。きてくれて、グッとくるぜ」と、ぼくが言った。

《グッとくるぜ》のような下品な言葉は、どんなときでも使ってはいけませんと、ママがぼくに注意した。そのとき、ママはアルセストがわきの下に箱をかかえているのに気づいた。

「なにをもってきたの、アルセスト?」と、ママがきいた。

「チョコレートです」と、アルセストが答えた。すると、ママは、あなたはとても親切なのね。でもいまニコラは絶食中なので、チョコレートを食べさせないでほしい、と言った。

アルセストはママに、ニコラにチョコレートをあげるなんてとんでもない。これは自分が食べるためにもってきました。もしチョコレートをほしいなら、ニコラが自分で買いに行くしかない、まったく、じょうだんじゃない。だれかにチョコレートをあげるなんて、とんでもないと言った。

あっけにとられたママは、アルセストの顔を見つめてから、ひとつため息をつき、ぼくらに、いい子にしてねと言い残して、部屋を出て行った。アルセストは、ぼくのベッドの横でいすにこしかけ、ぼくの顔を見ながら、なにも言わずに、チョコレートを食べはじめた。それを見ていると、ぼくも、ものすごくチョコレートが食べたくなった。

「ねえ、アルセスト、チョコレートをぼくにもくれないかな？」と、ぼくはきいてみた。

「きみは絶食中なんだろ？」と、アルセストが答えた。

「アルセスト、きみってグッとこないな」と、ぼくが言うと、アルセストは、そんな下品な言葉を使ってはいけないね、と言いながら、またチョコレートを二つ口の中に入れたので、それでぼくらはけんかになった。

階段をかけ上がってきたママは、ごきげんななめだった。ママは、ぼくらを引きはなし、ぼくらにお説教をして、それからアルセストに家に帰るように言った。ぼくは、アルセストがもう帰ってしまうのかと思うと、とても残念だった。ぼくらはふたりでうまいぐあいに楽しんでいたのになあ。だけど、ぼくにはわかっている、ママにさからうのはまずいってことがね。ママはとてもふきげんな顔つきになっていたんだよ。

アルセストは、ぼくと握手をし、またねと言って、階段をおりて行った。ぼくはアルセストが大好きだ。ともだちなんだもの。

ママは、ぼくのベッドを見て、大声を上げた。つまり、けんかをしたとき、ぼくらはシーツの上にチョコレートのシミをつけてしまったんだよ。シーツだけじゃなく、ぼくのパジャマや髪の毛にもチョコレートがべったり。

ママは、始末におえない子ねと言い、シーツをとりかえ、それから、ぼくをバスルームにつれて行き、スポンジとオーデコロンでぼくを洗い、清潔な青い縞のパジャマに着がえさせた。そのあとで、ママは

ぼくをベッドにねかせ、もうママの邪魔をしないでねと言った。

ひとりになって、ぼくはまた子ぐまの出てくる本を読みはじめた。悪いおおかみは、子ぐまを食べることができなかった。なぜかといえば、猟師がおおかみを退治したからだけど、でもこんどは、ライオンが子ぐまを食べようとするんだ。それなのに、子ぐまはライオンに気づかない。子ぐまははちみつを食べるのに夢中になっている。

読んでいるうちに、ぼくは、だんだんおなかがすいてきた。ママを呼ぼうかと思ったけど、邪魔をしないように言われていたので、ママを怒らせたくなかった。それで、ぼくはベッドを出て、階段をおり、なにかおいしいものがないか、冷蔵庫を見に行った。

冷蔵庫の中には、おいしそうなものがいっぱいあった。ぼくらはいつも、家でおいしいものを食べているんだね。まず、鶏のもも肉をひとつ、これは冷たいままでもおいしいよ。

それからクリームケーキと牛乳びんをとり出して、両腕にかかえた。

「ニコラ！」ぼくの背中でぼくの名前がひびきわたった。

ぼくは、とてもびっくりして、かかえていたものをみんな落としてしまった。キッチンに入ってきたのはママだった。ぼくがここにいるなんて、たぶん考えもしなかったんだよ。ぼくは、先手を打って、泣いた。だって、ママはものすごくこわい顔をしていたから。

ところが、ママはなにも言わず、ぼくをバスルームにつれて行き、スポンジとオーデコロンでゴシゴシこすり、パジャマをとりかえ、というのも青い縞の清潔なパジャマは、ミルクとクリームケーキでべとべとになっていたからだ。ママは、ぼくに赤い縞がらのパジャマを着せ、大いそぎでベッドにねかしつけた。なぜって、ママはキッチンをきれいにしなくちゃならないからね。

ぼくは、ベッドにもどったけど、みんなが食べたがる子ぐまの本はもう読みたくなかった。ぼくをトラブルに巻き込む、こんな子ぐまの話は、もうたくさんだ。でも、なにもしないでベッドにねているだけでは、つまらないから、そこでぼくは、絵をかくことにした。

パパの書斎へ行って、絵をかくのに必要なものを、机からもってきた。すみっこにきらきら光る文字で、パパの名前が印刷されているきれいな白い紙は、もってこなかった。なぜって、きれいな紙を使うと、しかられるに決まっているからね。だから、ぼくは、裏に

なにか書いてある、もう使いみちのない紙をもらうことにした。それから、パパの古い万年筆をもってきた。これだったら、だれも怒らないから。

大いそぎで、部屋に上がり、ベッドにもどったぼくは、ものすごい絵をかきはじめた。艦砲射撃をつづける戦艦、空中で爆発する飛行機、大軍の襲撃を受ける城砦、攻撃を止めようと頭の上から石を投げつける大ぜいの兵士たちなどだ。

しばらく前から、物音ひとつ聞こえないのを心配したママが、ぼくのようすを見にきた。ママは、また、悲鳴を上げた。言っておかないといけないのは、パパの古い万年筆はインクがもれるってことだ。パパがもうこの万年筆を使わないのはそのせいなんだけど、爆発のシーンをかくときには、これはすごく便利なんだよ。ぼくは、そこらじゅうに、シーツの上や、ベッドカバーの上にも、もれたインクをまきちらしてしまったんだ。

ママは、怒っていた。なんでも、ぼくの使った紙が良くなかったらしい。絵をかくのに使った裏に字が書いてある紙は、パパにとって、とても大切なものだったらしいんだよ。

ぼくをベッドからおこしたママは、シーツをとりかえ、またぼくをバスルームにつれて行き、軽石とスポンジとびんの底に残っていたオーデコロンで洗い、それからぼくのパジャマのかわりに、パパの古いワイシャツをぼくに着せた。というのも、洗たくずみのぼくのパジャマがもう残っていなかったから。

夕方、ドクターが往診にきた。耳をぼくの胸の上にあて、ぼくが出した舌を見てから、ドクターは、ぼくのほっぺを指でかるくポンとたたいて、病気はなおったので、おきてよろしい、といった。

だけどね、ぼくの家では、きょう、病気ということでは、まったくついていなかったね。

ママの顔色が悪いのに気づいたドクターが、ママにすぐにベッドに横になり、絶食するようにと、言ったんだよ。

On a bien rigolé

算数(さんすう)の授業(じゅぎょう)をサボると……

きょう、登校するとちゅう、アルセストといっしょになった。すると、アルセストがぼくに「学校に行くのをよそうか?」と言った。

ぼくは、学校をなまけるのは良くない、先生も怒るだろう、パパはぼくに人生で成功してパイロットになりたいなら、勉強しないといけないと言っている。学校をサボるとママが心配する、うそをつくのは良くないことだと、答えた。

すると、アルセストが、きょうの午後の授業は算数だぜと言った。

それでぼくは「わかった」とうなずいて、ぼくらは学校に行かないことにした。

学校のほうにではなく、ぼくらは反対の方向にかけ出した。アルセストはすぐ息を切らし、ぼくについてくることができなくなった。読者のみんなも知ってる通り、アルセストはいつもなにかを食べているふとっちょなので、とうぜん、走るのは苦手なんだ。ぼくは、校庭を一周する四十メートルの徒競走がとくいで、とても速いんだよ。

「いそぐんだよ、アルセスト」とぼくが言うと、

「もうだめだ」とアルセストは、フーフー言いながら立ち止まった。

そこで、ぼくはアルセストに、こんなところで休むのは良くない、パパやママに見つかるかもしれない、そうすればデザート抜きになる、それから視学官がくるかもしれない、つかまるとぼくらは刑務所行きになる、そこではパンと水しか食べられない、と言ってやった。

話をきいたとたん、アルセストはとても元気になって、ものすごいスピードでダッシュしたので、ぼくでも追いつけないくらいだった。

うんと遠くにきて、コンパニさんの食料品店の先で、ぼくらは立ち止まった。コンパニさんは、とてもやさしいおじさんだ。ママはこのお店でおいしいいちごジャムを買う。あんずのジャムには種が入っているけど、いちごのジャムには入っていないから食べやすいんだ。

「ここまでくれば、ひと安心だ」と、アルセストは、ポケットからとり出したビスケットを食べはじめた。アルセストが言うには、お昼ご飯のあとすぐに走ったので、とてもおなかがすいてしまったんだって。

「いいことを思いついたね、アルセスト」と、ぼくが言った。「いまごろ教室で算数の授業を受けているみんなのことを考えると、ぼくはおかしくってしかたがないや！」

「ぼくも」と、アルセストも言って、ぼくらは笑いころげた。おなかが痛くなるほど笑ってから、アルセストにこれからどうするのときいた。

「わからないなあ、映画にでも行こうか」と、アルセスト。それは、ほんとうにいい考えだったけど、ぼくらはお金をもっていなかった。ぼくらのポケットには、ひも、ビー玉、ゴムバンド二本、パンくずが少し、それきりだった。アルセストのポケットにあったパンくずは、アルセストがすぐに食べてしまった。

「ちぇっ、しかたないね」と、ぼくが言った。「映画は見られなくても、ほかのみんなもぼくらといっしょにきたかっただろうな！」

「そりゃそうさ」と、アルセストが言った。「どっちにしても、ぼくは『保安官の復讐』を見られなくてもいいいんだよ」

「そのとおり」と、ぼくも言った。「あれは、ただのカウボーイ映画じゃないか」

そして、ぼくらはポスターや写真を見ながら、映画館の前を通りすぎた。アニメ映画も一本上映中だった。

「公園に行ってみるかい」と、ぼくが言った。「あそこなら、紙でボールを作って、サッカーの練習ができるよ」

それも悪くはないと、アルセストが答えた。でも公園には管理人がいるから、もしぼくらを見たら、なぜ学校に行っていないのか質問するし、そしたら刑務所につれて行かれて、パンと水の罰を受けることになるぜと。

パンと水と考えただけで、アルセストはおなかがすいて、カバンからチーズサンドイッチをとり出した。ぼくらは街の中を歩きつづけた。

サンドイッチを食べ終わったアルセストが言った。

「クラスのほかのみんなは、算数なんかやって、つまんねえだろうな！」

「そうとも！」と、ぼくもあいづちを打った。「だけど、どっちにしても、学校に行くにはもうおそすぎる、ぼくらは罰を受けるだけだ」

ぼくらは、ショーウィンドウを見てまわった。アルセストが、豚肉屋さんのショーウィンドウの中みを説明してくれた。それからぼくたちは、化粧品店のショーウィンドウのガラスの前で百面相をやったけど、すぐにそこをはなれた。というのも、お店の中の人たちがぼくらを見て、びっくりしていることに気づいたからだ。時計屋さんのショーウィンドウで、時計を見ると、まだとても早い時間だった。

「いいぞ」と、ぼくが言った。「家に帰るまでに、まだたっぷり遊ぶ時間があるね」

ぼくらもさすがに歩きつかれてきたとき、空き地に行こう、あそこならだれもいない、地面にすわることだってできる、とアルセストが言った。

空き地は、とてもすばらしいところで、ぼくらは、かんづめの空きかんをまとにして、小石を投げて遊びはじめた。それから、小石投げにもあきたので、アルセストはカバンに残っていた最後のハムサンドイッチを食べはじめた。

「教室じゃ」と、アルセストが言った。「いまごろは算数の問題をといている最中に違いないぜ」

「違うよ」と、ぼくが言った。「ちょうど休み時間だと思うな」

「どうなのさ、きみは休み時間が好きかい？」と、アルセストがきいた。

「あんなもの、くそくらえだ！」と、答えてみたけど、ぼくは涙が出てきてしまった。

ほんとのことを言えば、ここにふたりきりでいても、まったく、なにもおもしろくない。なにもすることがないし、こそこそ隠れていなければならない。たとえ算数の問題をやらなくてはならないにしても、ぼくには学校に行きたいわけがあったんだ。もしアルセストに出くわさなかったら、いまごろは休み時間で、ビー玉で遊んだり、警官と泥棒ごっこをしたりしていたのになあ、それにぼくは、ビー玉がとても強いんだよ。

「なにをそんなに、めそめそしているんだい？」と、アルセスト。

QU'EST-CE-QUE J'AP-PRENDS! ON FAIT L'ÉCOLE BUISSONNIÈRE?!
C'EST LE PETIT QUI N'EST PAS ALLÉ EN CLASSE...
C'EST VOUS QUI MANQUEZ L'ÉCOLE?

「警官と泥棒ごっこができないのは、きみのせいだ」と、ぼく。

アルセストは、これがカチンときたんだ。

「ぼくがきみに、ついてこいと、言ったかい？」と、アルセストが言い返した。「きみが行かないと言ったら、そしたら、ぼくは学校に行っていたさ。だから、なにもかも、きみのせいだぜ！」

「へえ、そうかい？」と、パパがブレデュールさんにやるように、ぼくはアルセストをなじった。ブレデュールさんというのは、パパをからかうのが大好きなおとなりのおじさんだ。

「ああ、そうだとも」と、アルセストが、パパに言い返すブレデュールさんのようにやり返してきたので、いつものパパとブレデュールさんのように、ぼくらもけんかになった。

雨がふりはじめたので、ぼくらはけんかをやめ、空き地を走って出た。空き地には、雨宿りの場所がなかった。そして、ママはいつもぼくに、雨にぬれちゃだめですよと注意していた。そもそもぼくは、ママの言いつけに、ほとんど一度も、さからったことがないからね。

ぼくらは、時計屋さんのショーウィンドウの前に行った。雨はとても強くなり、通りにいるのはふたりきりで、ぼくらはとてもみじめな気分だった。ぼくらは、そんなふうにして、家に帰る時間になるのを待った。ぼくが家に帰ると、ママがぼくに、とても顔色が悪いし、疲れているようすだから、もしお休みしたいなら、あしたは学校に行かなくてもいいわよ、と言った。だけど、ぼくがぜったいに学校に行くと言ったので、ママはとてもびっくりしていた。あしたが肝心なんだよ。アルセストとぼくは、クラスメートのみんなに、ぼくらがどれほど楽しく遊んだか、話してやるんだ。

そうすれば、みんなは、どんなにか、ぼくらをうらやましがることだろう！

Je fréquente Agnan
アニャンと親(した)しくなろう

クラスメートたちと遊ぶために、ぼくが家を出ようとすると、ママが、だめよ、あの子たちは論外です。あなたがよくいっしょに遊んでいるあの子たちは好きになれないわ。あの子たちはよってたかっていつも悪さをする。あなたはきょう、アニャンの家におやつに招かれている。アニャンはとてもおとなしい子で、お行儀もいいし、アニャンをお手本にしてくれたらいいのにねえ、と言った。

ぼくは、アニャンの家におやつに行きたくないし、アニャンをお手本にしたくもなかった。アニャンは、クラスで成績が一番なうえ、先生のお気に入りで、いけすかないクラスメートなのに、ぼくらはアニャンをひっぱたけない。なぜって、アニャンはメガネをかけているからなんだよ。ぼくはアルセストやジョフロワやウード、それにほかのみんなとプールへ行くほうがよかったけど、どうしようもなかった。ママがしんけんな顔をしていたからね。とにかくぼくは、いつもママの言うとおりにするんだ。とくにママがしんけんな顔をしているときは。

ママは、ぼくをお風呂に入れ、髪をとかし、白い絹のシャツに、水玉のネクタイ、折り目のついたズボン、そして、マリンブルーの服を着せた。いとこのエルヴィール お姉さんの結婚式のときとおなじ服装だったけど、あのときは、ぼくは食事のあとで病気になったんだ。

「そんな顔をしないでちょうだい」と、ママが言った。「アニャンとうんと楽しく遊んできてね！」

そして、ぼくは家を出た。クラスメートに出くわさないか、ぼくはとてもひやひやしていた。こんな格好を見たら、ぼくをからかって、みんなは笑うだろうな！

ドアを開けて、アニャンのママが出てきた。

「まあ、なんてかわいいのかしら！」と言って、アニャンのママは、ぼくにキスをし、そしてアニャンを呼んだ。

「アニャン！　早くいらっしゃい！　おともだちのニコラ

ですよ！」

やってきたアニャンも、ものすごい格好をしていた。ビロードの半ズボン、白のソックスに、ピカピカ光っているへんてこな黒いサンダルをはいていた。アニャンとぼくは、まるでふたつのギニョール（あやつり人形）のようだった。

アニャンは、ぼくを見ても、あまりうれしそうではなかった。アニャンが手を出したので握手すると、アニャンの手はやわらかかった。

「この子をよろしくお願いします」と、ママが言った。「あまりおいたをしないようにするのですよ。それでは六時に、迎えにきますわ」

すると、アニャンのママは、「だいじょうぶですわ。坊やはとてもいい子にするでしょうし、ふたりでなかよく遊んでくれるでしょう」と、言った。すこし心配そうな目で、ぼくの顔を見てから、ママは帰った。

ぼくらは、おやつを食べた。とてもおいしかった。チョコレート、ジャム、ケーキ、そしてビスコット（甘みのないラスク）が出て、ぼくらはテーブルにひじをつかずに食べた。

おやつが終わると、アニャンのママが、アニャンの部屋に行って、おとなしく遊ぶように言った。アニャンの部屋に行くと、さっそく、アニャンがぼくに注意しはじめた。アニャンの顔をぶたないこと。というのもメガネをかけているから、ぶったら大声でママを呼ぶ、そうすれば、ママはきみを刑務所に入れるだろう、と。

ぶってやろうと思ったとしても、ぼくはほんとうにぶたないだろう。だっていい子にすると、ママに約束してきたからと、ぼくがアニャンに答えると、アニャンは安心したようすになり、それじゃ遊ぼうと言った。

アニャンは、たくさんの本、地理や理科や算数などたくさんの本をとり出し、いっしょに読んで、時間がくるまで、算数の問題をとこうと言った。水道の蛇口についてのおもしろい問題があって、栓が抜けているバスタブに水をそそぐと、そのバスタブはいっぱいになると同時に、空っぽになるというものだった。

それはおもしろい思いつきだったので、ぼくはアニャンに、バスタブを見ることができるかどうかきいた。バスタブなら、ぼくらはうんと遊べるだろう。アニャンがぼくの顔を見て、はずしたメガネをふいて、すこし考えてから、あとについてくるように言った。バスルームに大きなバスタブがあったので、ぼくはアニャンに、バスタブに水をいっぱいに張って、ちいさな船で遊ぼうと言った。そんなことは、今まで一度も考えたことがなかったけど、なかなかおもしろいアイデアだねと、アニャンも賛成した。

バスタブはあっというまに、縁まで水でいっぱいになった。ことわっておくけど、ぼくたちはバスタブにちゃんと栓をしておいた。だけど、アニャンって、とってもまぬけなんだよ。だって、うかべて遊ぶ船を、もっていないというんだもの。

本ならたくさんあるけど、おもちゃは、ほんの少ししかないと、アニャンが説明した。運がいいことに、ぼくは紙の船の作り方を知っているので、算数の本のページを破りとることにした。もちろん、とてもていねいにページを切りはなしたんだ。あとでアニャンが、ページをもとどおりにとじることができるように。なぜって、本や木や生き物を傷つけるのはとても悪いことだからね。

ぼくらは、楽しく遊んだ。アニャンは、腕を水の中に入れて、波をおこしていた。まずかったのは、アニャンがシャツの袖をたくし上げていなかったことと、この前の歴史の試験で一等をとったときにもらった腕時計をはずしていなかったことで、気がつくと腕時計は四時二十分をさしたまま止まっていたんだ。

少ししてから、といってもこわれた時計では、どれくらい時間がたったのかわからなかったけど、ぼくらはもう船で遊ぶのにあきてしまった。見ると、そこらじゅうが水びたしになっていて、バスルームをよごすつもりじゃなかったのに、床には水たまりができて、アニャンのサンダルもさっきのようにピカピカしていなかった。

ぼくらはアニャンの部屋にもどった。するとアニャンは、ぼくに地球儀を見せた。地球儀は金属でできたボールで、その上には、海や陸地がかいてある。これは地理を学習するためのもので、世界の国がどこにあるのかをしめしていると、アニャンが説明した。

地球儀なら、ぼくも知っている。おなじようなのが学校にあるし、先生がぼくたちに使い方を教えてくれたからね。アニャンが言うには、地球儀はねじをはずすことができ、すると地球儀は大きなボールみたいになるんだって。

じゃあ、ボールにして遊ぼうと考えついたのは、ぼくだったと思うけど、それはとてもとても悪い考えだったんだ。地球儀を投げ合って遊ぶとき、わったりするといけないので、アニャンはメガネをはずした。でもメガネなしでは、アニャンはよく目が見えなくて、それでぼくが投げた地球儀を受けそこなった。地球儀はオーストラリアの側から壁かけ鏡にぶつかり、鏡はわれてしまった。

メガネをかけて、鏡がわれているのを見たアニャンは、とても心配そうな顔になった。ぼくらは地球儀をもとにもどし、もっと注意して遊ぶことに決めた。そうすれば、ママたちもそんなにひどく怒らないだろうからね。

ぼくらがほかの遊びを探していると、理科の勉強のために、パパに買ってもらった化学の実験セットがあると、アニャンが言った。見せてもらうと、とてもすばらしいセットだった。大きな箱の中に、試験管や丸いガラスのびん、いろんな色のものがつまった小さなフラスコなどがぎっしり入っており、アルコールランプもあった。このセットを使えば、教育上とても有益な実験ができると、アニャンが言った。

アニャンが、試験管の中に少しの粉と液体を入れると、色が変わりはじめ、赤や青になったり、ときどきかすかな白いけむりが出たりした。これはたしかに、教育上有益だ！ぼくが、ぼくらはさらにもっと教育上有益な実験をしなければならないと言うと、アニャンもうなずいた。

ぼくらは、一番大きなフラスコを選び、ありったけの粉とありったけの液体を入れ、それからアルコールランプに火をつけて、フラスコをあたためた。はじめのうちは、とても順調だった。フラスコの中では、まずどろどろの泡ができた。でもすぐに、まっ黒なけむりが立ちはじめた。こまったのは、このけむりがくさいことで、しかもそこらじゅうが黒くよごれるんだ。実験を中止しないといけないと思ったとき、ボンとフラスコが爆発した。

アニャンは、目が見えないとさけびはじめた。でも、運が良かったんだよ。それは、アニャンのメガネのレンズが、まっ黒けになっただけのことだったからね。アニャンがメガネをふいているあいだに、ぼくは窓をあけた。

なぜって黒いけむりのせいで、せきが止まらなかったからだ。カーペットの上では、どろどろの泡が、ふっとうしたお湯のように、すごい音を立てていたし、壁じゅうに黒いシミがつき、ぼくらもまっ黒になっていた。

そのとき、アニャンのママが部屋に入ってきた。ほんの一瞬、アニャンのママはなにも言わなかったけど、つぎの瞬間、両目を大きくひらき、口をあけて、大声でさけびはじめた。アニャンのメガネをとって、アニャンの顔をぴしゃりとひっぱたき、ぼくらの手を引っぱってバスルームへ行き、ぼくらのよごれを落とそうとした。

ところが、アニャンのママがバスルームの中を見たとたん、これがとてもアニャンのママのお気にめすような状態じゃなかったんだよ。

アニャンは、両手でメガネをしっかりおさえていた。もう一発たたかれるのをさけるためだ。アニャンのママは、ぼくのママに電話して、すぐに迎えにきてもらいましょう。こんなにひどいことはこれまで一度も見たことがない。ほんとにまったく信じられないわと言いながら、バスルームから走って出て行った。

ママがすぐ迎えにきたので、ぼくはごきげんだった。アニャンの家で遊ぶのもそろそろあきていたし、なんといっても、アニャンのママがものすごくイライラしていたからね。

家に帰る道々、ママはずっとぼくにお説教をした。あなたもさぞや満足でしょうね、ほんとにやりたい放題やったものね、今夜はデザート抜きですよと。

ぼくも、しかられるのは、あたりまえだと思った。なぜって、ぼくはアニャンと、ものすごい悪ふざけをしたからね。とどのつまり、いつものことだけど、ママの言うことは正しい。アニャンとは、とても楽しくゆかいに遊べたから、また遊びに行ってもいいんだけど、こんどはアニャンのママが、アニャンがぼくと遊ぶのをいやがっているようなんだ。

どっちにしても、ママたちは、自分たちがなにを望んでいるのか、それをはっきりさせてもらいたい、とぼくは思う。

でないと、ぼくらはもう、だれと遊んだらいいか、わからないもの！

Monsieur Bordenave n'aime pas le soleil

ボルドナーヴ先生(せんせい)は太陽(たいよう)がきらい

ボルドナーヴ先生は、晴れた日がきらいだというけど、ぼくには先生の気持ちがよくわからない。雨の日はおもしろくない。でも、雨がふっていても、ぼくらは遊ぶことができる。川のように流れている雨水の中をあるいたり、上を向いて口をあけ、落ちてくる雨粒を口に受けたりする。

雨の日の家の中もいいんだよ。家の中はあったかいし、電気機関車で遊ぶし、ママはケーキとチョコレートを作ってくれる。でもね、雨がふると、学校の休み時間は、とりやめになるんだ。ぼくらは、校庭に出ることがゆるされない。だから、ぼくはボルドナーヴ先生のことがわからないんだよ。ボルドナーヴ先生は、休み時間にぼくらを見張る生徒指導の先生なんだから、雨がふれば、先生も仕事ができないはずなのに。

きょうも、太陽の光がふりそそぐ、とてもいいお天気だったので、ぼくらはすばらしい休み時間をすごした。この三日間は雨つづきで、ずっと教室にかんづめだったから、なおのことだった。

ぼくらが、いつもの休み時間のように、一列にならんで校庭に出ると、ボルドナーヴ先生が、ぼくらに「解散」と号令をかけ、ぼくらは遊びはじめた。

「警官と泥棒ごっこをやろう!」と、パパが警官をしているリュフュスが大声で言った。

「バカ言うんじゃないよ」と、ウードが言った。「サッカーをやろうぜ」

それで、リュフュスとウードはけんかになった。ウードはとても力が強くて、クラスメートの鼻の頭にパンチをぶちかますのが大好きなんだ。

ウードは、リュフュスの鼻の頭に、一発おみまいした。リュフュスは油断していたので、それで、ふらふらと後ずさりして、アルセストにドンとぶつかってしまった。

アルセストはジャムサンドイッチを食べているところだったけど、はずみでサンドイッチが地面に落ち、大声でさけびはじめた。騒ぎをききつけ、かけつけてきたボルドナーヴ先生が、ウードとリュフュスを引きはなし、ふたりを校庭のすみに立たせた。

「あのう、ぼくのサンドイッチ」と、アルセストが先生にきいた。「だれが弁償してくれるのですか?」

「きみも、すみっこで立っていたいのかな?」と、ボルドナーヴ先生が答えた。

「とんでもない。ぼくはジャムサンドイッチを返してもらいたいだけです」と、アルセスト。

ボルドナーヴ先生はまっ赤になり、怒り出すといつも、そうなるように、鼻息があらくなってきたけど、先生はその先をアルセストに言うことができなかった。

なぜなら、メクサンとジョアキムがけんかのまっ最中だったからだ。

「ぼくのビー玉を返せ。きみはいかさまをやっただろう！」と、ジョアキムがさけび、メクサンのネクタイを引っぱると、メクサンはジョアキムの横っ面を張った。

「いったい、どうしたのかね？」とボルドナーヴ先生。

「ジョアキムは、ビー玉で負けてくやしいから、わめいているんです。もし先生がいいと言うなら、ぼくがジョアキムに、鼻パンチをくらわせてやります」と、けんかを見ようとそばにやってきたウードが言った。

ボルドナーヴ先生は、びっくりした顔で、ウードをにらみ、「きみはすみっこに立っているはずじゃなかったのかな？」と言った。

「あっ、すみません、そのとおりです」と、ウードは庭のすみにもどったけど、そのあいだに、メクサンの顔がまっ赤になっていた。ジョアキムがメクサンのネクタイをしめつけていたからで、ボルドナーヴ先生は、このふたりも校庭のすみに立たせたので、罰を受けて立っているのは四人になった。

「それで、ぼくのジャムサンドイッチはどうなるの？」と、ジャムサンドイッチを食べながら、アルセストがきいた。

「でも、きみは、今食べているじゃないか！」と、ボルドナーヴ先生。

「これはべつのです」と、アルセストが大声で言った。「休み時間のために、ぼくはサンドイッチを四つもってくるんです。ぼくは、サンドイッチを四つ食べたいんだ！」

ボルドナーヴ先生は、腹を立てるひまもなかった。というのも、頭にボールがゴツンとあたったからだ！

「だれがやった？」と、ボルドナーヴ先生は、頭に手をやりながら、どなった。

「ニコラです、先生。ぼく見てました！」と、アニャンが言った。

アニャンは、クラスで成績が一番、先生のお気に入りで、ぼくらは、あんまりアニャンが好きじゃない。それは、アニャンがすぐにひどい告げ口をするからだけど、アニャンはメガネをかけているので、どれだけひっぱたきたいと思っても、メガネの上からじゃたたけないんだよ。

「告げ口はひきょうだぞ」と、ぼくは大きな声で言った。「もしメガネをかけていなかったら、ぶんなぐってやるところだ！」

アニャンは、泣きじゃくりながら、ぼくはとても不幸だ、ぼくは自殺してやると言って、地面の上をころげまわった。ボルドナーヴ先生は、ほんとにきみがボールを投げたのかときいたので、ぼくは、はい、そうです。ボールあてごっこをしてました。ぼくはクロテールにあてそこなったんです。先生をねらったわけじゃなくて、だからボールがあたったのは、ぼくのせいじゃありません、と説明した。

「きみたちがこういう野蛮な遊びをするのを禁止する！　ボールは没収！　そして、きみ、きみもすみに行って、立っていなさい！」と、ボルドナーヴ先生が言った。

ぼくが先生に、こんなのとても不公平だと言うと、アニャンはぼくに向かって、「くやしいか、くやしいか、くやしかったら怒ってみろ（ビスク・ビスク・ラージュ）」のジェスチャーをし、とてもごきげんな顔で、本をもって行ってしまった。

アニャンは、休み時間にも遊ばない。教科書をもってきて、学課の復習をする。どうかしているんだよ、アニャンは！

「ねえ、それで、ぼくのジャムサンドイッチはどうなるの？」と、アルセストがきいた。「ぼくはいま三つめを食べているんだけど、休み時間はもう終わりだし、ぼくにはサンドイッチがひとつ足りないよ。さっきからそう言ってるでしょ、先生！」

ボルドナーヴ先生は、アルセストに答えようとしたけど、できなかった。先生の答えをきけなかったのは、残念だった。先生がアルセストに言いかけた言葉は、とてもおもしろそ

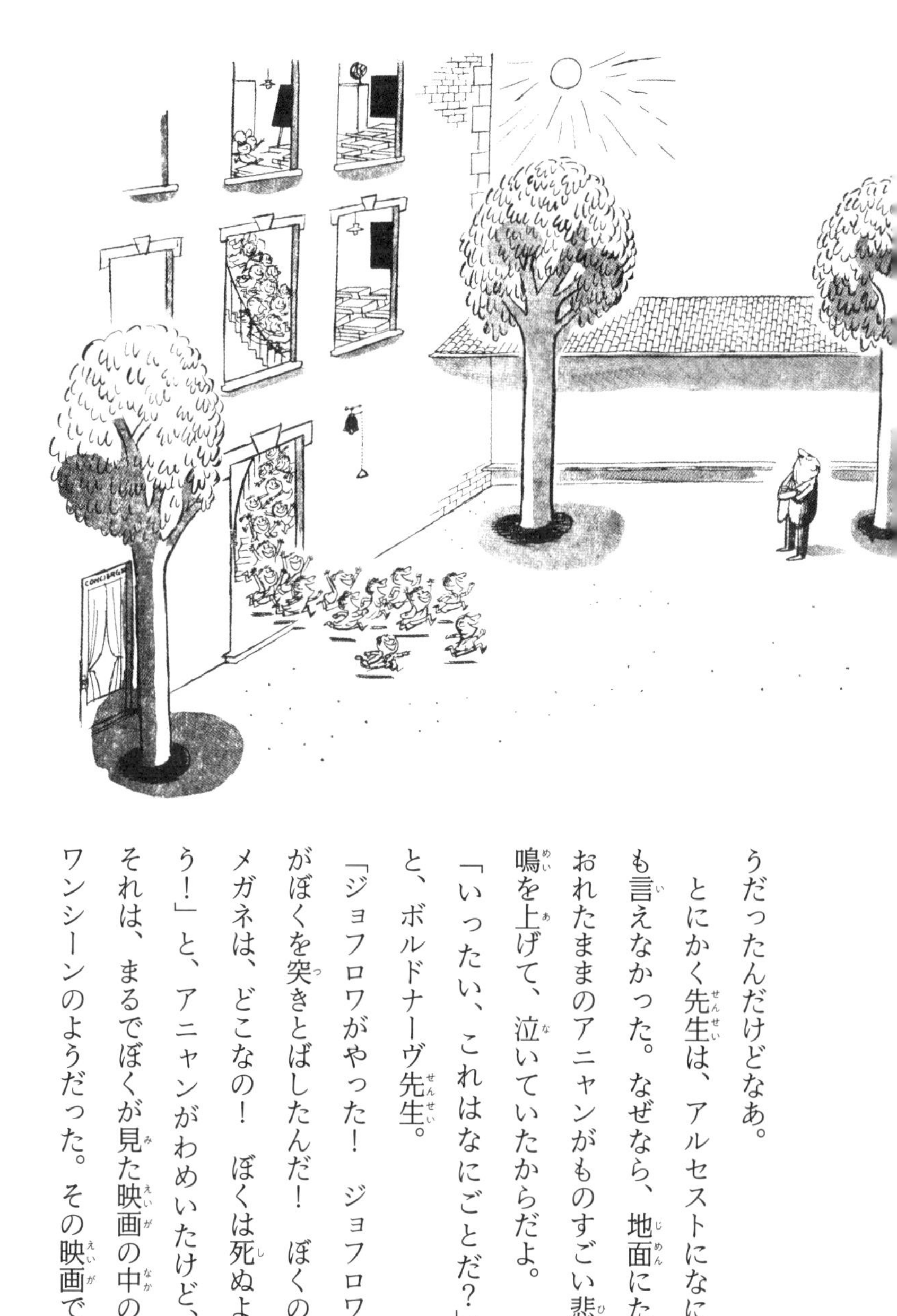

うだったんだけどなあ。

　とにかく先生は、アルセストになにも言えなかった。なぜなら、地面にたおれたままのアニャンがものすごい悲鳴を上げて、泣いていたからだよ。

「いったい、これはなにごとだ？」

と、ボルドナーヴ先生。

「ジョフロワがやった！　ジョフロワがぼくを突きとばしたんだ！　ぼくのメガネは、どこなの！　ぼくは死ぬよう！」と、アニャンがわめいたけど、それは、まるでぼくが見た映画の中のワンシーンのようだった。その映画では、浮上できなくなった潜水艦の中に、大ぜいの人が乗っていて、けっきょく乗組員は救助されるけど、潜水艦は沈没してしまうんだ。

「ちがいますよ、先生。ジョフロワじゃありません。アニャンは自分でこけました。アニャンはひとりで立っていられないんです」と、ウードが言った。

「なんで、きみが口を出すんだ？」と、ジョフロワが怒った。「きみなんか、お呼びじゃない。アニャンを突きとばしたのはぼくだ。それがどうしたっていうんだ？」

ボルドナーヴ先生は、声をあらげて、ウードに庭のすみにもどれと言い、ジョフロワにきみもいっしょに行けと言った。それからボルドナーヴ先生は、鼻から血を出して泣いているアニャンを抱きかかえ、医務室へはこんで行ったけど、アルセストはボルドナーヴ先生を追いかけて、ジャムサンドイッチの話をつづけていた。ぼくらは、サッカーをすることに決めた。それでこまるのは、上級生がもう校庭でサッカーをしていたことだ。ぼくらは、上級生たちとはいつもあまりうまが合わなくて、よくけんかになる。そして、いま校庭では、二つのボールと四つのチームが入り乱れることになり、やっぱりひと騒動もち上がった。

「おい、そこのちっちゃいの、そのボールをよこしな」と、上級生がリュフュスに言った。

「そのボールは、ぼくらのだ！」

「ちがうよ！」と、リュフュスがさけんだ。上級生はまちがっていたんだ。上級生は下級生のボールでゴールを決め、そしてリュフュスの顔を平手でたたき、リュフュスは上級生のすねにキックを入れた。上級生との小ぜり合いは、いつもこんなふうになるんだ。上級生は、ぼくらを平手打ちにする、ぼくらは、上級生の足にキックをお返しするというわけだよ。きょうも、ぼくらのけんかは白熱し、校庭中でみんながとっくみ合っていて、とてもやかましかった。

そして、その騒がしさの中、アニャンとアルセストをつれて、医務室からもどってきたボルドナーヴ先生の大きな声が、ひびきわたった。

「ほら、見てください」と、アニャンが言った。「罰を受けたのに、だれも立ってません！」

ボルドナーヴ先生は、ほんとうに腹を立てたようすで、ぼくらのほうにかけよろうとしたけど、それができなかったんだ。というのも、ボルドナーヴ先生は、アルセストが落としたジャムサンドイッチを踏んで、すべって、ドタッところんでしまったからだ。

「ブラボー」と、アルセストが言った。「やったあ、ぼくのジャムサンドイッチを踏んづけたんだ！」

立ち上がったボルドナーヴ先生が、ズボンの土をはらうと、手にべったりジャムがついていた。そのあいだに、ぼくらはけんかのつづきをやりはじめ、ほんとうに楽しい休み時間だったけど、ボルドナーヴ先生が腕時計を見て、足を引きずりながら、鐘を鳴らしに行った。それで、休み時間が終わった。

ぼくらが整列していると、ブイヨンがやってきた。ブイヨンは、もうひとりの生徒指導の先生だけど、ぼくらはあだ名で呼んでいる。というのも、先生はいつも「わたしの目をよく見なさい」と言うからだ。ブイヨンスープには油の目玉が浮かんでいるので、ブイヨンというあだ名がついたんだけど、それを思いついたのは、上級生たちなんだ。

「やあ、ボルドナーヴ先生」と、ブイヨンが声をかけた。「ぶじに終わりましたかな？」

「いつもどおりですよ、先生」と、ボルドナーヴ先生が答えた。「なにが望みかって言えばね、わたしは、雨がふってほしいんですよ。朝おきて、太陽が出ているのを見ると、わたしはがっかりするんです！」

いやはや、まったく、ぼくにはわからない。わたしは太陽がきらいだという、ボルドナーヴ先生の気持ちが、ぼくには、まったくわからないな！

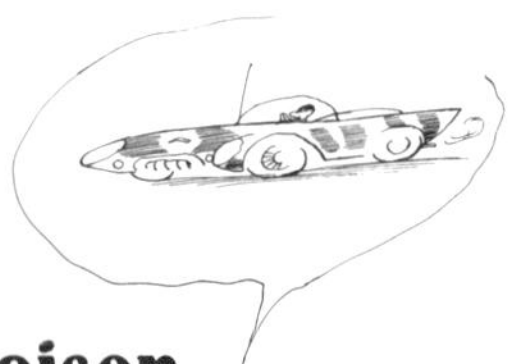

Je quitte la maison

家出(いえで)にチャレンジ……

ぼくは、家出をしたんだ！

ぼくは、客間で遊んで、とてもいい子にしていた。ただ新しいカーペットの上に、インクびんをひっくり返したというだけで、ママがきて、ぼくはしかられた。それで、ぼくは泣きはじめ、ママに、ぼくは家を出て、遠くに行く。みんなはぼくがいなくなって、とてもさびしくなるだろうと言った。

すると、「あなたが家出？　まさか、そんなこと。あら、おそくなっちゃったわ。お買い物に行かなくちゃ」と言って、ママは外に出て行った。

ぼくは、二階の部屋に、家出に必要なものをとりに行った。まず通学カバンを手にとり、ウロジおばさんがくれた赤いミニカーと、ゼンマイじかけの小さな機関車と、こわれずに残っていた貨物列車一両と、おやつのときに残しておいたチョコレートを入れ、貯金箱ももった。だって、なにがあるかわからないし、お金が必要になるかもしれない。そして、ぼくは家を出た。

ママがいなくてよかった。ママがいたら、きっとぼくは、家の外に出してもらえなかっただろう。

通りに出ると、ぼくはかけ出した。ママとパパは、とても悲しむだろうな。ぼくは、ずっと後になってもどってくるけど、そのときは、パパもママも、おばあちゃんのように、すっかり年をとっているだろう。そして、お金もちになったぼくは、大きな飛行機と大きな自動車とぼく専用の、インクをこぼしてもかまわないカーペットをもっているので、パパとママは、そんなぼくを見れば、大よろこびするだろうな。

こんなことを考えながら走っていると、ぼくはアルセストの家の前にきていた。アルセストは、ぼくのクラスメートで、いつもなにか食べているふとっちょなんだけど、たぶん読者のみんなにはもう話したと思う。アルセストは玄関のドアの前にすわって、パン・デピス（はちみつ入りスパイスパン）を食べていた。

「どこへ行くの？」と、パンでいっぱいの口をもぐもぐさせながら、アルセストがきいた。

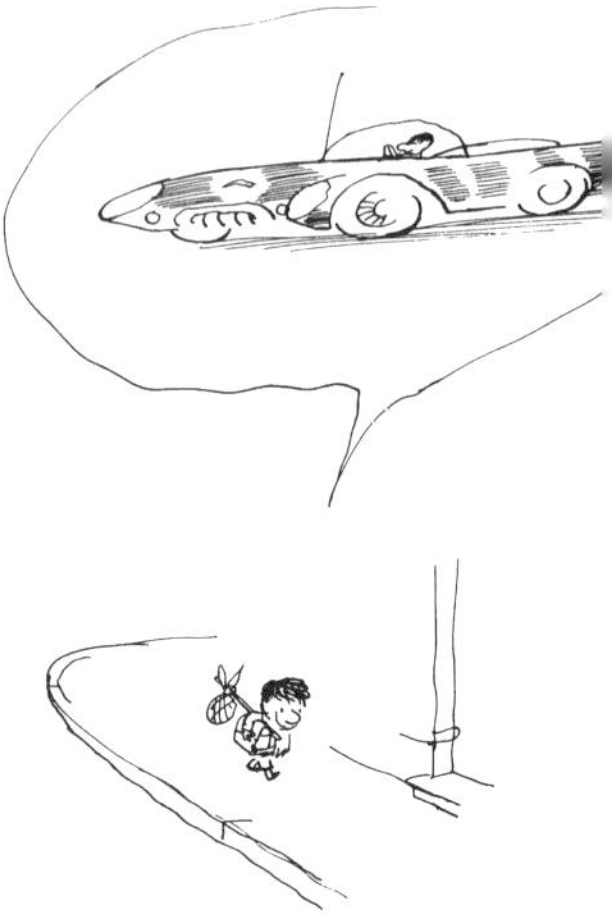

ぼくは家出をしてきたことを説明し、ぼくといっしょに家出をしないかとさそった。「なん年もなん年もたってから」と、ぼくはアルセストに話した。「ぼくらは、もどってくるんだよ。ぼくらは大金もちになって、飛行機や自動車をもっているんだ。そうすれば、パパやママたちはぼくらに会えてとてもよろこぶし、それにもう二度とぼくらをしかったりしないよ」。

だけど、アルセストは、まったく乗り気じゃなかった。

「きみ、少しおかしいんじゃないか」と、アルセストが言った。「今夜はママが、ソーセージと豚のあぶら身で、シュークルートを作るから、ぼくは家を出るなんてできないね」

それで、ぼくがアルセストにさよならを言うと、右手はパン・デピスを口に突っ込むのにいそがしかったので、アルセストはあいている左手で合図をした。

街の角をまがったところで、ぼくは立ち止まった。というのも、アルセストを見ていて、ぼくもおなかがすいたからで、チョコレートをひとかけ食べた。すると、旅をする元気がわいてきた。ぼくは、遠くへ、うんと遠くへ行きたかった。パパやママが、ぼくを探せな

いほど遠くに行きたかったんだ。たとえば、中国とか、去年ぼくらが夏休みをすごした、ぼくらの家からはとても遠い、海とカキのあるアルカションとかね。

でも、うんと遠くに行くためには、自動車か飛行機を買わないといけない。ぼくは歩道のへりにこしかけ、貯金箱をこわして、ぼくのお金をかぞえた。飛行機や自動車を買うための、十分なお金があるとは言えなかった。それで、ぼくはケーキ屋さんに入り、チョコレートエクレアを買った。これはとてもおいしかった。

エクレアを食べおえると、ぼくはまた歩こうと決心した。きっと時間がかかるだろうけど、ぼく

は家に帰らなくちゃいけないわけじゃないし、学校に行かなくちゃならないわけでもないから、時間ならたっぷりあるんだ。ここではじめて、ぼくは学校のことを思い出して、考えはじめた。
あした、先生が教室でみんなに言うだろう。
「かわいそうに、ニコラはひとりで、ひとりぼっちで、とても遠くへ行ってしまいました。ニコラは、大金もちになり、飛行機と自動車をもって帰ってくるでしょう」
するとみんなは、ぼくのうわさをし、ぼくのことを心配するだろう。アルセストは、いっしょに家出しなかったことを、きっと後悔するにちがいない。そうなれば、とてもとてもゆかいなんだけどなあ。

ぼくは歩きつづけたけど、少し疲れてきて、それであまり速く歩けなくなった。むりもないんだよ。ぼくはともだちのメクサンのような長い足をもっているわけじゃない。だからといって、メクサンに足をかしてというのは、できない相談だからね。

ここで、ぼくはひらめいた。クラスメートに、自転車をかりることならできるんじゃないかと。ちょうどぼくは、クロテールの家の前にきていた。クロテールは、黄色のすごいピカピカの自転車をもっている。ただ、問題があるんだよ。それはね、クロテールが自分のものを、人にかすのがきらいなことなんだ。

ぼくが、クロテールの家の玄関の呼び鈴を鳴らすと、クロテールが出てきた。

「やあ、ニコラじゃないか！」と、クロテールが言った。「なにしにきたの？」

「自転車をかして」と、ぼくがたのむと、クロテールはドアをしめてしまった。

ぼくはまた呼び鈴をおしたけど、クロテールが出てこないので、呼び鈴のボタンをおしつづけた。

家の中で、クロテールのママが大きな声を出しているのがきこえた。

「クロテール！　玄関のドアをあけなさい！」

クロテールがドアをあけたけど、ぼくがまだ玄関にいるのを見て、とてもいやな顔をした。

「クロテール、自転車をかしてよ」と、ぼくはもう一度クロテールにたのんだ。「ぼくが家出をしてきたから、パパとママは悲しむだろう。ぼくは、なん年もたってからもどってくる。そのときには飛行機と自動車をもっているし、大金もちになっているんだ」。

するとクロテールは、大金もちになってから、ぼくに会いにくるといい、そのときは、きみに自転車を売ってあげると答えた。

クロテールの言ったことは、そんなにショックじゃなかった。ようするに、お金があればいいんだよ。お金さえあれば、クロテールの自転車を買うことができる。クロテールは、お金が大好きなんだ。

ぼくは、どうすればお金が手に入るか、考えた。なにか仕事をすることはできないんだよ。きょうは木曜日で、ぼくはお休みの日だからね。それで、カバンに入れてもってきたおもちゃを売ればいいと思いついた。ウロジおばさんのミニカーと、機関車と、ひとつだけこわれずに残っている貨物列車を売ろう。ぼくは、通りの反対側に、おもちゃ屋さんを見つけた。あそこなら、ぼくのミニカーと機関車と貨物列車を買ってくれるかもしれないと思った。

ぼくがおもちゃ屋さんに入ると、とてもやさしそうなおじさんが、ニコニコしながら、ぼくに言った。

「ぼっちゃん、なにかお買い物？　ビー玉かな？　それとも、ボール？」

ぼくはおじさんに、ぼくはなにも買いたくない。ぼくはおもちゃを売りたいと言って、カバンをあけ、ミニカーと機関車と貨物列車をカウンターの前の床の上においた。

やさしそうなおじさんは、身を乗り出し、ミニカーと機関車と貨物列車を見て、とてもおどろいた顔をした。

「だけどねえ、坊や、うちじゃおもちゃを買わないんだよ。おもちゃは売るものなんでね」と、おじさんが言った。

それで、ぼくはおじさんに、ここで売っているおもちゃはどこで見つけてくるのかきいたんだ。そこが肝心だからね。

「あのね、あのね、あのね」と、おじさんが答えた。「きみ、いいかい、うちじゃ、おもちゃは見つけない。うちじゃ、おもちゃを買ってくるんだよ」

「それじゃ、ぼくのおもちゃも買ってよ」と、ぼくはたのんでみた。

「あのね、あのね、あのね」と、おじさんがまた言った。「きみ、きみはわかってないね。たしかに、うちもおもちゃを買うが、だけどね、それはきみからじゃない。うちはね、きみにおもちゃを売るの。うちが買うのは工場からでね、あのね、きみ……つまりだね……」おじさんはいったん話をやめてから、こうつづけた。「きみも、もう少しすれば、わかるようになる。その、きみが大人になればね」

だけど、おじさんの知らないことがある。それは、ぼくが大人になったら、ぼくはもうお金なんかいらないってことだ。だって、ぼくは飛行機と自動車をもっている大金もちになっているんだから。

それで、ぼくはワンワン泣きはじめた。おじさんは、とてもこまった顔をして、カウンターの後ろから探してきたミニカーをぼくにわたしながら、もうおそいから家にお帰り。もうお店をしめなくてはいけない。一日仕事をしたあげく、おしまいにきみのようなお客がくるなんてうんざりだよ、と言った。ぼくは、電気機関車と貨物列車とミニカー二台をもって、お店を出た。ぼくは、とてもごきげんだった。

ほんとうに、もうすっかりおそくなり、あたりは暗くなりはじめていた。どの通りにも、人がひとりもいなかったので、ぼくは走りはじめた。家につくと、晩ご飯の時間におくれたといって、ぼくはママにしかられた。

きょうのところは、しかたがない。でも、約束するよ。あしたこそ、ぼくは家出をしてやる。パパとママはとても悲しむだろうけど、なん年もなん年もたったあとで、大金もちになり、自動車と飛行機を手に入れるまで、ぼくは帰らないつもりだ！

物語をより楽しむために❶

小野萬吉

ニコラの家はどこにあるのか？　たぶん、ワインで有名なボルドーでしょう。しかし、ボルドーのどこと特定することは難しい。サンペの挿し絵を信じるなら、かなり都心に近いところかもしれません。六階以上のビルが、通りの向こうに建っているので。

では、どんな家か？　道路側には高い塀があるようですが、ご近所とは低い生け垣で区切られています。自転車で走り回れる庭には、一本大きな木があります。客間の窓の下は、ベゴニアの花壇。一戸建ての二階屋で、ガレージと地下室と屋根裏の物置がある。

一階には、玄関、客間、食堂、キッチン、バスルームがある。二階には、パパとママの寝室、ニコラの部屋（寝室）。それぞれの部屋は、かなりゆったりしているようです。お客さんを泊める部屋がないのは寂しいですが、古き良き最後のフランスの地方都市の普通の家庭といえるかもしれません（？）。

両隣の住人の姓はわかっていますが、ニコラのパパとママは、姓名不詳。パパとママが、名前で呼び合うこともありません。この一家で、わかっているのはひとり息子の名前。ニコラだけ。パパは、小さな会社のサラリーマン、仕事の業種は不明、ママは専業主婦です。パパが一心不乱に働いていても、お手伝いさんを雇うことはできないようです。特別な日にだけ、パートできてもらうことはあるようですが……。

パパは朝、仕事に出かけ、昼前に帰ってきて、やはり学校から帰ってくるニコラと家族そろって昼食をとります。それから、パパは午後の出勤、ニコラは午後の登校です。パパは徒歩で通勤しているようです。夜は、八時に晩ご飯といえば、早いほうでしょう。日本に比べれば、フランスの午後は長いといえます。四月から八月中頃まで、ボルドーの日没時間は午後九時を過ぎます。二〇一九年の記録では、六月二十六日九時五十二分三十九秒が、一番遅い。ちなみに、この日の東京の日没は、七時一分です。三時間近く、ボルドーは日暮れが遅い。

物語の日照時間を考えるだけで、読み方や味わい方が変わるでしょう。ニコラが、家に帰るのはまだ早いとか、もう遅くなったとか言うとき、はたして、それは何時頃をさすのでしょう?

第一巻、第二巻の本文は、大先輩である曽根、一羽両先生の訳文に僭越ながら筆者が手を加えたものです。

René Goscinny

ルネ・ゴシニ

略伝

小野萬吉／訳

《わたしは、一九二六年八月十四日、パリに生まれ、その後すぐに成長をはじめました。翌日、八月十五日は、わたしたちは外出しませんでした》

彼の家族はアルゼンチンに移住、彼はすべての就学期間をブエノスアイレスのフランス語学校ですごす。《教室では、ほんとうに落ち着きのない子どもでした。同時に、むしろよくできる生徒でもあったので、退学にはなりませんでした》。彼が、キャリアをはじめるのは、ニューヨークにおいてである。

一九五〇年代初めにフランスに帰国、一連の伝説のヒーローたちを生み出す。ゴシニは、ジャン＝ジャック・サンペとともに、『プチ・ニコラ』の冒険を創案、有名な小学生の成功をもたらす子ども言葉を案出する。次いで、ゴシニは、アルベール・ユデルゾと『アステリックス』を発表する。

小柄なガリア人の勝利は、驚くべきものであろう。百七の国語と地域言語に翻訳され、アステリックスの冒険は世界で最も読まれている作品となっている。多作な著者は、このほかに、モリスと西部劇ベデ（バンド・デシネ）『ラッキー・ルーク』、タバリーとベデ『イズノグード』、ゴットリブとユーモアベデ『レ・ディンゴドシエ』、その他を手がけた。

　コミック誌『ピロト』を先頭に、彼はベデを大変革し、ベデを《第九の芸術》に格上げした。

　ゴシニは映画人として、ウデルゾとダルゴとともに、スタジオ・イデフィクスを立ち上げる。彼は、アニメーション映画の傑作、『アステリックスとクレオパトラ』、『アステリックスの十二の仕事』、『デイジータウン』、『バラード・デ・ダルトン』などを世におくる。その死後、彼の映画作品の全体に対しセザール賞が与えられた。

　一九七七年十一月五日、ルネ・ゴシニは五十一歳で死んだ。エルジェは、《タンタンは、アステリックスの前に頭を垂れる》と、弔意を述べている。彼のヒーローたちは、彼より生き延びているし、彼が作り出した多くの決まり文句が、わたしたちの日常言語の中に使われている。《彼の影よりも速く撃つ》、《カリフの代わりにカリフになる》、《小さいときにその中に落ちた》、《魔法の薬を見つけて》、《このローマ人たちは、まともではない》などである……。

《わたしは、この作中人物にまったく特別な愛情をもっている》と、ゴシニをして言わしめた、ニコラ。天才的シナリオ・ライター、ゴシニが作家としての力量と才能を示したのは、心を打つ天真爛漫さをもち、恐るべき悪ふざけにも興じるいたずらっ子プチ・ニコラの冒険を介してなのである。

Jean-Jacques Sempé

ジャン=ジャック・サンペ

略伝

小野萬吉／訳

《子どもだったころ、バラック小屋がわたしのたったひとつの楽しみだった》

サンペは、一九三二年八月十七日、ボルドーに生まれた。学業、芳しからず、ボルドーモダンカレッジを、規律無視により退学、実社会に飛び出す。ワインブローカーの雑役係、臨海学校の補助教員、事務所の給仕など……。

十八才で、懲役年齢に達する前に兵役を志願、パリに出る。彼は新聞社の編集室に頻繁に出入りして、一九五一年、「シュッド・ウエスト」紙に最初のデッサンを売る。彼とゴシニの出会いは、サンペの《新聞挿し絵画家》の輝かしいキャリアの始まりと完全に符合する。『プチ・ニコラ』とともに、彼は、以来、われわれの想像の世界を覆い尽くす悪童どもの肖像の忘れがたいギャラリーを生き生きと描写する。小学生の冒険と並行して、彼は一九五六年、「パリ・マッチ」誌にデビューし、その後非常に数多くの雑誌に参加する。

彼の最初のデッサン・アルバム・『何ごとも簡単ではない』は、一九六二年に上梓される。それ以後、我々の悪癖と世間の悪癖の、やさしくもアイロニカルなヴィジョンをみごとに伝えるユーモアの傑作が、三十作ほど続くだろう。

マルセラン・カイユー、ラウル・タビュラン、そしてムッシュー・ランベールの生みの親であり、鋭い観察眼とすべてを笑いとばす胆力を併せもつサンペは、この数十年来、フランスの最も偉大な漫画家のひとりとなっている。

彼個人のアルバムの他に、パトリック・モディアノの『カトリーヌ・セルティチュード』、あるいは、パトリック・ジュースキントの『ゾマーさんのこと』に挿し絵を描いている。

サンペは、非常に有名な雑誌「ニューヨーカー」の表紙を描いた、数少ないフランス人挿し絵画家のひとりであり、今日でも、「パリ・マッチ」の中で、多数の読者の笑いを誘い続けている……。

訳者紹介

曽根元吉（そね・もときち）

大阪府生まれ。京都大学文学部仏文科卒業。同志社大学・大谷大学講師、関西日仏学館・明治大学教授などを歴任。訳書に『ウージェニー・グランデ』（バルザック）、『日々の泡』（ボリス・ヴィアン）、『綱渡り芸人』（ジャン・ジュネ）ほか多数がある。1912 〜 2000 年。

一羽昌子（いちわ・まさこ）

兵庫県生まれ。大阪樟蔭女専卒業。東京日仏学院に学び、ソルボンヌ大学に留学。横浜国立大学講師をつとめる。訳書に『アダム・ミロワール』（ジャン・ジュネ）、『聾』（ジャン・コクトー）などがある。1927 〜 1995 年。

編集　来田義秀
校正　株式会社円水社
装丁・本文デザイン　河内沙耶花（mogmog Inc.）

プチ・ニコラシリーズ❶
Bonjour!（ボンジュール）　プチ・ニコラ

発行日　2020 年 6 月 5 日　初版第 1 刷発行

作者　ルネ・ゴシニ　ジャン＝ジャック・サンペ
訳者　曽根元吉　一羽昌子
発行者　秋山和輝
発行　株式会社世界文化社
〒 102-8187　東京都千代田区九段北 4-2-29
電話　03-3262-5118（編集部）03-3262-5115（販売部）
印刷・製本　中央精版印刷株式会社
DTP 製作　株式会社明昌堂

ISBN978-4-418-20803-6